Frankie

Novela

Nacido en Berlín en 1971, **J. M. Gutsch** es escritor y periodista. Colabora habitualmente con la revista *Der Spiegel* y ha recibido dos de los más prestigiosos reconocimientos a su carrera, el Premio Theodor Wolff y el Premio Henri Nannen.

Maxim Leo nació en Berlín en 1970 y es escritor, guionista y periodista. Ha trabajado durante años en el periódico *Berliner Zeitung* y ha recibido el Premio Theodor Wolff, así como el Premio del Libro Europeo por su historia familiar *Haltet euer Herz bereit*.

J. M. Gutsch & Maxim Leo

Frankie

Traducción del alemán por
María José Díez Pérez

Seix Barral

Título original: *Frankie*

Seix Barral, un sello editorial de Editorial Planeta, S. A.
Avda. Diagonal, 662-664, 08034 Barcelona (España)
www.seix-barral.es
www.planetadelibros.com

Adaptación de la cubierta: Booket / Área Editorial Grupo Planeta a partir de la idea original de © FAVORITBUERO, München
Ilustración de la cubierta: © Hanna Zeckau
Primera edición en Colección Booket: enero de 2026

Depósito legal: B. 20.981-2025
ISBN: 978-84-322-4922-8
Impreso en España

—¿Qué hace que la vida sea tan difícil?

—Las personas.

Tú y yo

1
EL HILO

Me han dicho que una historia se empieza por el principio. Desde cero. Pero yo soy un gato y no sé nada de principios ni de ceros. Los humanos tienen un montón de normas para todo en la vida. Haz esto, haz lo otro. ¿Sinceramente? Es aburrido. Agotador. No es para mí. Por eso voy a empezar esta historia por otra parte. Quizá dé la casualidad de que es por el principio. O desde cero.

Era la estación buena, y con ello me refiero a que las tardes eran cálidas y luminosas y entre los tilos zumbaban las abejas. Una tarde de esas quería pasarme un momento a ver al profesor. Después contaré quién es el profesor. Porque ahora no viene al caso.

Así que enfilé el Camino Grande, que atraviesa el

pueblo por la mitad. Dejé atrás el lago, donde la hierba estaba alta, y me comí unos saltamontes. ¿Lo bueno de los saltamontes? Nunca se quejan cuando uno se los come. A diferencia de los pájaros. Los pájaros siempre montan un buen numerito. «¡No me comas! ¡Soy madre! ¡Tengo diez hijos en el nido!» Exageran una barbaridad. Pero yo, tonto de mí, siempre me quedo pasmado con el pájaro en la boca y me siento mal durante unos instantes.

Dejé atrás la iglesia del pueblo, la pajarera podrida, la meada maloliente del gordo de Heinz (rottweiler), dos estercoleros en los que no había nada bueno, ni tan siquiera medio bueno, solo achicoria, cáscaras de huevo, mondas de patata, peladuras de manzana. Un consejito para vosotros, humanos: un estercolero donde solo hay cáscaras, mondas y peladuras es de tacaños.

Dejé atrás la gran montaña de arena donde pronto empieza el bosque y tras la que el mundo termina. Iba caminando feliz y contento, con gran indolencia, anda que te anda al atardecer, me colé por una cerca de madera vieja y llegué al jardín de la casa abandonada. Todo el mundo la llama «la casa abandonada» porque los humanos de la ciudad que vivían ahí los veranos un buen día dejaron de venir.

Por todas partes hay cortinas detrás de las ventanas cerradas y en invierno el viento aúlla al pasar por la casa abandonada y el gordo de Heinz, que es tonto del culo, dice que en ella vive una manada de hombres lobo.

Pero ahora viene lo bueno. Prácticamente había dejado atrás la casa abandonada cuando vi en ella a un hombre. ¡Dentro de la casa abandonada! Me quedé tan perplejo que corrí a esconderme detrás de una mata, porque casi me muero del susto. Y ahí estaba, pensando: «Mierda, Frankie. ¿Y ahora qué haces?».

Me habría gustado salir corriendo para ir a contarles el notición a todos los que conozco. Aunque, como es natural, de haberlo hecho me habrían cosido a preguntas: Y ¿cómo era el hombre, Frankie? ¿Cómo olía el hombre, Frankie? ¿Qué hay de comer en la casa de ese hombre, Frankie? ¿Estás completamente seguro de que no es un hombre lobo, Frankie?

Cuando de repente una casa abandonada ya no está abandonada, se plantean un montón de interrogantes, todo el mundo quiere saber los detalles. Y si uno no los tiene, se queda parado con cara de tonto.

Así que hice lo que haría cualquier buen gato en una situación así: me asomé por detrás de la mata.

Agucé el oído.

Me asomé.

Agucé el oído.

Me asomé.

Y así estuve un buen rato. Abreviaré, porque no pasó nada.

Agucé el oído.

Me asomé.

Etcétera, etcétera.

Después me acerqué un poco, sigilosamente, piano piano, observé desde unas cuantas colas de gato de distancia por la gran ventana y reuní detalles.

Detalle 1: Efectivamente, allí había un hombre.

Detalle 2: Estaba subido a una silla.

Detalle 3: Del techo de la habitación colgaba un hilo.

Detalle 4: El hombre tenía el hilo alrededor del cuello.

Detalle 5: Ampliación del Detalle 4: El hilo era muy gordo.

¿Sinceramente? Yo nunca había visto un hilo tan magnífico. Es preciso que sepáis que me chiflan los hilos. Cuando aún vivía con la anciana señora Berkowitz, jugábamos casi todos los días con un hilo. Del que nunca colgaba un hombre, a veces un ratón, pero no de verdad, sino de lana, aunque los humanos piensan que los gatos pensamos que es de verdad. Pues no. No somos tontos.

Y al ver ese hilo tan bonito, de pronto me acordé

de la anciana señora Berkowitz y de la mejor época de mi vida, que no duró mucho, porque un buen día la anciana señora Berkowitz estaba tumbada en el jardín y poco después llegaron dos hombres, todos vestidos de blanco, y metieron a la anciana señora Berkowitz en un coche que tenía luces que parpadeaban en el tejado y no la volví a ver.

El recuerdo me puso un poco mustio e hizo que me entraran ganas de decirle al hombre: «¡Eh, tú! ¡El que está jugando con el hilo! ¡Ese hilo tan guay! ¿Puedo jugar contigo?».

No podía hacer eso.

Así que esto fue lo que hice: reuní todo mi valor, salté al alféizar de la ventana y miré dentro. El hombre estaba subido a una silla, con el hilo alrededor del cuello. Entonces me vio y se sorprendió. Pero no se sorprendió para bien, sino que me miró con mala cara. Abrió y cerró la boca como una carpa y me dijo algo que no entendí, porque él estaba detrás del cristal y yo delante. Lógico.

Empecé a parpadear. Aquí tenéis otro dato importante para vosotros, humanos: cuando un gato parpadea, el gesto viene a ser como una sonrisa. Parpadear significa: todo bien. Estoy de buen humor. ¿Qué onda? Así que me puse a parpadear como un loco delante de la ventana, aunque por lo visto el hombre también era tonto del culo, como el gordo de Heinz, y no se enteró.

Lo que hizo fue agitar los brazos, mirando hacia mí. Levanté la pata derecha para darle a entender: Eh, todo guay. Te entiendo. Cuando uno juega con un hilo todo es una locura. Pero ¿sinceramente? El agitar de brazos era inquietante. Así que, para tranquilizarme, empecé a lamerme entre las patas, porque estaba supernervioso y no sabía qué hacer: «¿Y ahora qué, Frankie?».

Y de pronto todo sucedió muy deprisa. El hombre dejó el hilo, saltó de la silla, la puerta de la casa abandonada se abrió. El hombre gritó. Yo me bajé de la ventana de un salto. El hombre cogió una cosa y me la lanzó. Yo salí corriendo, aunque las patas me temblaban de miedo. ¡Como un flan! Vi venir una sombra. Algo llegó volando por detrás y me dio en la cabeza.

Y ya no recuerdo más.

Lo primero que volví a oír fue el viento, que me susurraba algo. Intenté prestar atención, pero no entendí lo que me decía. Estaba en el prado delantero de la casa abandonada. Sumamente cansado, y no me movía. Casi no podía abrir los ojos. Y el viento susurraba y susurraba, hasta que me di cuenta de que no era el viento. Era el hombre, que estaba delante de mí, inclinado, hablando conmigo. Me daba golpecitos con la punta del pie, como si fuera una rata muerta o algo. Decía: «¿Estás bien?». Una pregunta bastante absurda, porque era evidente que bien no estaba. Después me sentí muy cansado y me volví a dormir.

La siguiente vez que me desperté, en un primer momento no supe dónde estaba. Me sentía bastante mustio, y miré a mi alrededor con cautela, solo un instante. Vi el magnífico hilo que colgaba del techo y entonces lo recordé todo. ¡Estaba *dentro* de la casa abandonada! Tumbado en un sofá, por si queréis saber los detalles, y debajo tenía papel, quizá un periódico viejo. Vi al hombre, que ahora estaba sentado enfrente de mí, en un sillón. Sostenía un teléfono pequeño contra la oreja y hablaba nerviosamente con alguien. Ni idea de con quién. Lo que sí os puedo decir es de qué hablaba: de mí.

El hombre decía por teléfono: «Tengo un minino muerto en casa. ¿Puede venir usted? Sí, de verdad que parece muy muerto. Pero no soy veterinario, por eso he llamado. No, el minino no es mío. Escuche usted, no sé de quién es el puñetero minino. ¿Que cómo es? ¿Qué importancia tiene eso? Es un minino de lo más normal. Atigrado gris, un poco sarnoso, le falta un trozo de una oreja. No, no sé qué lo ha matado. Sí, me he encontrado al minino en el jardín. Oiga usted... Bien, mi dirección es... No, el minino...».

—¡Shoyungado! —exclamé.

Cosa que, naturalmente, no fue muy inteligente por mi parte. El profesor, al que ya conoceréis, dice a menudo que tengo que ser más inteligente en la vida o me meteré en muchos problemas.

Pero estaba cabreado. Primero casi me matan de un golpe y ahora ese humano no paraba de llamarme «minino», cuando soy un señor gato.

—¿Qué? —preguntó el hombre.

—¡Shoyungato!

Mi hombruno estaba un poco... *¿cansado?* Y mi cabeza también, por la cosa que me había embestido. Debí de tirarme siglos repitiendo las palabras hasta que logré vocalizar:

—¡Soy un gato!

El hombre me miró con unos ojos como platos, como si yo fuera un monstruo.

Mi experiencia: cuando un gato dice algo, los humanos reaccionan superraro. ¡Siempre! Por eso he estado mucho tiempo sin decir nada. La última vez que abrí la boca fue delante de la tienda del pueblo. A una mujer se le cayó una cosa de la bolsa de la compra y le dije: «Hola, señora, ¿son suyas estas bolsas de aspiradora?».

Y la mujer salió corriendo y dando gritos. La calle entera abajo. La muy tonta.

El hombruno es muy fácil. La primera palabra que dije fue «nieve». Y luego otras. En el refugio muchos animales hablaban hombruno, la anciana señora Berkowitz hablaba hombruno y su televisor también.

Yo antes hablaba mejor hombruno que gatuno.

Hoy sé unas diez lenguas. Que no es mucho. El profesor habla veintisiete, incluso cabruno, una lengua que casi no habla nadie, salvo las cabras. Sin idiomas un gato está perdido, y os diré por qué: diversidad de especies. Por todas partes uno se encuentra a otros animales que hablan otras lenguas y uno no se los puede comer a todos o abrirlos por la mitad o jugar con ellos hasta matarlos. En esos casos hay que hablar. Así son las cosas. No es idea mía. Por ejemplo, yo voy por el bosque y siempre hay una lechuza enorme. Se pasa el día entero posada en una rama y mirando con mala cara. Pero siempre que me topo con la lechuza enorme digo muy amablemente en lechuzo:

—Hola, lechuza. ¿Qué tal?

Y ella:

—Ahí vamos.

Yo:

—Ahí vamos, sí. No agaches las orejas, lechuza.

Ella:

—¿Tú bien, Frankie?

¿Veis? Hasta con una lechuza que se pasa el día entero en una rama se puede charlar tan ricamente. Los únicos que hacen cosas raras en cuanto hablo son los humanos.

El hombre seguía mirándome con unos ojos como platos y la boca abierta. Olí que tenía muchísimo miedo. Vi que estaba pensando. Y me dije: «Mantén el pico cerrado, Frankie. Y espera a ver qué pasa». Seguro que eso vuelve loco a un humano. Porque no sabe: «¿Estoy loco? ¿*De verdad* ha hablado el gato? ¿Es posible? ¿Estoy loco?».

El hombre me estuvo observando un buen rato. Como no pasaba nada y yo no decía nada, se retrepó en el sillón con cara de alivio y cerró la boca. Sacudió la cabeza, sonrió y dijo:

—Ay, vaya tontería.

Y yo contesté:

—No es ninguna tontería.

Eso acabó con él. Del todo. La cara se le puso blanca como el culo de un corzo.

Lo disfruté un poco. ¿Sinceramente? Más que un poco. Porque es mejor que los humanos tengan respeto. De lo contrario, uno no está seguro con ellos y te dan puntapiés o te lanzan cosas. Y ahora el hombre tenía respeto.

Infinito.

Después de un buen rato, el hombre dijo:

—¿HABLAS?

Yo pensé: «Enhorabuena. Muy perspicaz». Me hablaba dando gritos y muy despacio. Una vez, con la anciana señora Berkowitz vi una película en la que unos hombres sentados alrededor de una hoguera hablaban con otros hombres que tenían la cara pintada y un ramillete de plumas en la cabeza. Y era exactamente igual: los hombres hablaban con los de las plumas como si estos fueran idiotas integrales.

El hombre dijo:

—YO. RICHARD. GOLD.

Mientras se daba toquecitos en el pecho.

Me pareció extraño pero gracioso, así que yo me di también toquecitos en el pecho y repuse:

—YO. FRANKIE.

El hombre preguntó:

—TU CABEZA. ¿DOLOR? ¿AY?

Yo:

—SÍ. AYAYAY.

El hombre:

—YO. LO. SIENTO.

Y después, por lo visto, el hombre no sabía qué más decir. Extendió con cautela la pata y la apoyó un instante en mi pata. Dijo:

—NO. MIEDO.

Me pareció gracioso. Y puesto que el hombre era gracioso, pensé que ya podíamos pasar a lo importante.

Yo:

—¿COMER-COMER? ¡HAMBRE!

Me señalé la barriga y la boca.

El hombre:

—¿COMER-COMER? ¿TÚ? YO IR POR COMIDA.

Y, a mi parecer, esas fueron las primeras palabras sensatas que dijo el hombre que se llamaba Richard Gold.

2

FRANKIE BOY

Para que no os extrañe: a partir de ahora llamaré al hombre que se llamaba Richard Gold simplemente Gold. Por este motivo: es más corto y suena mejor. Y es que esta historia aún se va a alargar un poco y no quiero que en mi historia alguien se llame Richard. Él no tiene la culpa de llamarse así, pero ese nombre es una mierda.

Estoy familiarizado con nombres que son una mierda. Mi madre me llamó Número 5. Mis hermanos se llamaban Número 1, Número 2, Número 3, Número 4, Número 6 y Número 8. El número 7 no se ponía porque el 7, o eso decía mi madre, trae muy mala suerte. Por eso Número 7 oficialmente se llamaba Número 8, aunque extraoficialmente era Número 7. Y su mote era 78.

Más tarde, cuando vivía en el refugio, los humanos me llamaron Barbiblanco, porque tenía la barbilla blanca. Y con eso se acabó el respeto de un plumazo. Todos los animales se reían de mí y de mi nombre. ¡Barbiblanco! Hasta el pequinés enano de la jaula de al lado, que era como si estuviese hecho con restos de otros animales, se reía.

Un buen día una familia con hijos me sacó de allí y me dio un nombre nuevo: «Herbert». A veces también «Herr Bert». A todos les hacía gracia y les parecía mono, y yo lo único que pensaba era: «¿Por qué sois tan crueles?».

Los niños eran los peores. Me ponían un mechero bajo la cola o me lanzaban de un lado a otro como si fuera una pelota por diversión mientras decían: «¡Vuela, Herr Bert!». Y entonces, muerto de miedo, le di un arañazo en la cara a uno de los niños. Y luego otro. Fue algo sangriento. Y acto seguido me volví a ver en el refugio.

Y me volví a llamar Barbiblanco.

Cuando ya pensaba que sería Barbiblanco toda la vida, un día la anciana señora Berkowitz se plantó delante de mi jaula. Me miró, me acarició la cabeza y dijo: «¿Barbiblanco? ¿Así te llamas? Carajo». Era una señora fina, pero a menudo sus palabras no eran tan finas.

Así que, si yo ahora digo palabras que no son

muy finas, ya sabéis: no es culpa mía, sino errores pedagógicos en mi educación.

La anciana señora Berkowitz me llevó con ella y, ya en su casa, estuvo unos días pensando si se quedaba conmigo mientras escuchaba mucha música. De un hombre de América al que ella llamaba Frankie Boy Sinatra. El tal Frankie Boy cantaba bien, aunque no tan bien como un carbonero. Pero para un humano no estaba mal. En cualquier caso, la anciana señora Berkowitz me dijo: «Frankie. ¿Te gusta el nombre?». Y yo pensé: «Vaya». Y casi me caigo de culo de contento. Después salí corriendo por el pueblo y les dije a todos a grito pelado: «¡Soy Frankie! ¡Me llamo como Frankie Boy de América!».

Así que ya sabéis de dónde viene mi supernombre. Pero no era eso lo que os quería contar.

Y es que lo que os quería contar es algo muy distinto. Pero me despisto enseguida. Por eso me suelo decir: «Procura que no se te vaya el santo al cielo cuando cuentas algo, Frankie». Pero no es fácil. En parte porque no sé muy bien a qué santo se refiere. Me hago una idea de cuál es, pero no lo sé exactamente. Solo sé que tengo que evitar que se vaya al cielo. Pero ¿por dónde íbamos?

Estaba tumbado en el sofá de la casa abandonada y oí que el hombre al que solo llamaré Gold correteaba por la casa. Al parecer había escondido comida por todas partes. Y la idea de comer me volvió completamente loco. Salvo saltamontes y una punta de salchichón rancio que colgaba de un cubo de la basura, no tenía nada en la barriga. Bueno, también tenía cagalera, claro. No conocía a Gold. No conocía la casa abandonada. Pero también sentía mucha curiosidad, así que me levanté del sofá y eché un vistazo.

Todavía tenía las patas flojas y acto seguido no me quedó una gota de sangre en el cuerpo, porque delante había otro gato. La cola se me puso tupida como una escoba vieja, bufé, pero después noté algo raro. El gato se parecía a mí. Solo que era negro. Y entonces caí en la cuenta de que estaba enfrente de un televisor enorme y miraba el cristal embobado.

Ya había visto algunos televisores, pero ese de ahí era tan grande que no acababa en ninguna parte. ¡Carajo!

Me chifla ver la tele. Sobre todo cuando salen animales. Lo que más me gusta son las películas de pingüinos que durante una tormenta de nieve están delante de un agujero en el hielo y se quedan allí siglos esperando a que aparezca un pez. No entiendo a los pingüinos, la verdad, pero me gustaría hablar con uno. De su vida.

Cuando salen humanos en las películas es aburrido, porque en televisión los humanos casi siempre hacen lo mismo: acabar con otros humanos. De todas las maneras pensables. Desconozco el porqué, sobre todo cuando nunca se comen a los humanos con los que acaban.

La idea de pasarme todas las tardes en ese sofá, con las patas en el mando a distancia, hizo que me quedara muerto. Pero en el buen sentido.

Seguí recorriendo la casa, y lo que vi en cantidades industriales fueron libros. Por todas partes había estanterías con libros. Si queréis que os diga lo que pienso, los libros son una memez. Una vez miré en uno, pero dentro había muchas palabras y nada más, y lo único que hice fue bostezar como un loco. Pese a todo, nunca había visto una casa tan buena. Había ventanas con bancos anchos, como hechos para un gato al que le gusta tumbarse, mirar y dormir. Lo que me llamó la atención mientras paseaba y curioseaba fue el olor. Allí no olía a ratones podridos o a meada del gordo de Heinz, por si estáis pensando eso. Olía, no sé..., a triste. Como una zorrera en la que ya no vive nadie. No sé si habéis visto alguna vez una zorrera en la que ya no vive nadie, pero ahí la sensación tampoco es buena y todo huele a pasado y a despedida y a años zorrunos felices que ya nunca volverán.

Pues aquí era muy parecido.

Subí por una escalera. Y había más habitaciones y más libros. Pero también una cama grande a la que pegué un salto sin más. Automáticamente. Di vueltas como un loco en la mullida colcha, zum-zum-zum, y empecé a ronronear, también automáticamente.

He olvidado cuándo estuve por última vez en una cama. Pero os puedo contar dónde vivo. Pasando el pueblo, al final del todo del Camino Grande hay una montañita cercada. Ahí es donde los humanos tiran todo lo que ya no quieren: neumáticos, sillas, radios, calcetines viejos y cosas así. No os imagináis la cantidad de cosas que necesitan los humanos para vivir. Están locos por los chismes y llenan sus casas de ellos. Y cuando están demasiado llenas, tiran algunas cosas viejas y compran otras nuevas. El profesor, al que ya conoceréis, opina que es por la «civilización». Porque los humanos son «civilizados» y nosotros, los animales, no. Y cuando uno es civilizado necesita un montón de cosas para impresionar a otros humanos y demostrarles lo civilizado que es uno. Prácticamente como los gorilas, que se golpean el pecho y se dan importancia. En cualquier caso, estoy supercontento de que los humanos sean tan civilizados y me hayan construido una montaña tan bonita. Y es que nunca he tenido nada salvo el pañuelito que llevo al cuello. Me lo regaló la anciana señora Berkowitz y lo llevo porque me recuerda a ella.

Pero lo que os quería contar es dónde vivo. Arriba del todo, ahí donde están todas esas cosas de los humanos, en la cima de la montaña, hay una bañera oxidada, dada la vuelta contra una piedra grande, con las patas hacia el cielo. Y ahí dentro vivo yo. O mejor dicho: debajo.

Cuando se vive en la cima de una montaña se está bien. Por las vistas. Y el aire tan bueno que hay ahí arriba. Aunque a menudo también se está mal. Por los mapaches, que merodean de noche con su hocico puntiagudo y hacen que me cague de miedo.

En invierno me acurruco al fondo del todo de la bañera, en el duro suelo helado, con la cabeza apoyada en las patas, la cola bien pegada al cuerpo, mi flaco culo de gato castañeteándome de frío, y sueño con una de las casas que echan humo abajo, en el pueblo. Y por eso no me podía creer que ahora estuviera tumbado en la cama.

Y me puse a pensar. Puede que Gold fuese un idiota, sin duda. Pero un idiota no muy peligroso. Y lo remordía la conciencia. Y tenía el magnífico hilo. Y un montón de comida. Y el televisor más grande del mundo. Y una cama supermullida. Y todas las cosas que hay en una casa.

Bueno, y ahora sumad todos los «y» y sacad vuestras propias conclusiones, cerebritos.

Exacto. ¡Me había tocado el gordo!

O eso pensaba yo. Hasta que volví a oír a Gold.

—¿Hola?

—Estoy arriba —contesté.

—Ah... YO... COMER... TARROS...

No entendí nada y bajé corriendo. Gold estaba en la cocina.

—YO BUSCAR. TODAS PARTES. PERO...

Ahí fue cuando perdí definitivamente la paciencia.

—Bueno, ya basta. Habla conmigo como si fuera un humano. ¿Qué hay de comer?

Gold me miró con los ojos como platos y palideció un poco, pero después dijo:

—Solo he encontrado esto.

Y dejó en la mesa de la cocina dos tarros y una lata.

Resultó que los dos tarros y la lata eran una auténtica mierda. Porque en los tarros había unos dedos gordos verdes que Gold llamó «pepinillos», y en la lata, unos aros amarillos con un agujero en el centro.

—Piña —aclaró Gold mientras me ofrecía un aro amarillo—. Es una..., esto..., una fruta exótica dulce del sur. Latinoamérica, por ejemplo. O África. Las piñas crecen en plantas, no en árboles.

Entonces me llamó la atención una cosa: que Gold hablaba raro. Como un cisne. Los cisnes también te sueltan unos rollos que no le interesan a nadie. Si le digo a un cisne que está en un lago: «Hola, cisne. ¿Cómo andas?», seguro que el cisne contesta: «Bueno, andar yo no ando. Yo nado. Pero gracias por preguntar, querido don Frankie. Hoy se nada muy bien, el agua está templada, casi caliente, y eso que en el centro del lago se riza un poco y además sube fría del fondo, mi mujer siempre dice...». Etcétera, etcétera. Que si patatín que si patatán. Por eso a nadie le gusta hablar con los cisnes, porque son tipos afectados.

—¿Tienes carne? —le pregunté.

Gold negó con la cabeza.

—¿O embutido? ¿Un trocito de queso al menos? Me gusta el emmental.

Gold negó con la cabeza.

—Veamos, ¿requesón? ¿Un poco de nata? ¿No? ¿Tal vez leche?

—No tengo nada de comer. Lo siento. Porque te lo daría. Todo. Pero hace siglos que no vengo a esta casa. Desde que, hace un año, Linda..., esto..., bueno. Y tampoco he comprado nada porque..., esto..., me refiero a que para qué. —Entonces señaló el hilo. ¿Sinceramente? Yo no entendía lo que quería decir Gold. Salvo: nada de comer. Solo dedos verdes y aros con agujero.

Entonces me comí un aro con agujero y me supo dulce, muy dulce, igual que la oreja de un ratón por detrás. Solo que peor. Pero me imaginé que era la oreja de un ratón y me lo pude comer.

Cuando terminé, Gold abrió la puerta y dijo:

—Bueno, me figuro que ahora querrás irte por fin a tu casa...

Sin hacer el menor caso a la puerta, pasé por delante de Gold para ir al salón, me subí de un salto al sofá otra vez, me tumbé y contesté:

—¿Tienes cable? ¿Te gustan las películas de animales?

Por desgracia, resultó que no había cable.

—¿Un televisor gigante sin cable?

—Lo di de baja —se disculpó Gold. Permaneció un instante indeciso en la cocina, pero después vino al salón con una botella en la mano y se sentó frente a mí en el sillón. Y así estábamos ahora.

Gold no decía nada. Solo miraba fijamente el hilo y se tocaba la frente como si pensara. Yo tampoco decía nada, porque no sabía qué. Mejor dicho: cómo.

No sabía cómo se mantenía una conversación con un humano en condiciones. Hasta el momento solo había escuchado cuando los humanos hablaban.

Además, estoy acostumbrado a que uno se huela antes de ponerse a hablar sin parar. Es algo cultural. Si, por ejemplo, me cruzo con un perro o con un gato que no sea agresivo o tenga el pelo piojoso o muy sarnoso, nos olisqueamos. Primero con cautela. Después metemos la nariz en todas partes. Y cuando digo en todas partes me refiero a en todas partes.

De esa forma se averiguan muchas cosas: edad, domicilio, debilidades del carácter y demás. Eso mismo hice con mi amigo el profesor, al que ya conoceréis. Los dos: narices dentro, delante, detrás, todito. Y cuando sacamos las narices lo supimos: la cosa marchaba con nosotros.

Pero con los humanos todo es distinto. O al menos yo nunca he visto que metan la nariz en ningún sitio. Y por eso es tan complicado entablar conversación con humanos. En mi opinión.

Gold seguía sin decir nada. Lo único que hacía era beber sin parar de la botella. Algo que parecía agua, pero no olía como huele el agua. Había oscurecido, la habitación entera se llenó de silencio, y a la larga me dio que eso sería un problema, por el estado de ánimo. Sobre todo porque ahora, a fin de cuentas, vivíamos juntos. Se me pasó por la cabeza subirme al regazo de Gold y plantarle en la nariz mi trasero para que lo olisqueara. Y de ese modo iniciar una conversación. Pero al final, de repente, dije algo. Las palabras me salieron sin más de la boca.

—¿Sabes quién es Flipper?

Gold me miró. Como si me hubiera cagado en la alfombra.

—¿Qué?

—¿Flipper? Es un delfín superlisto que ayuda a los humanos. En la tele. Me gusta verlo. Pero no me lo creo.

—¿Qué? ¿Qué no te crees?

—Bueno, no me creo que un delfín sea tan listo. Porque conozco a una carpa. Del lago de aquí. La carpa también es un pez, como un delfín pequeño. Y no es nada lista. Cero. ¿Tú conoces a una carpa lista? ¿O a un delfín?

Y era un tema de conversación bueno de verdad. No se le podía poner ningún pero.

—A diferencia de las carpas, los delfines no son peces —corrigió Gold—. Los delfines son mamíferos. Igual que las ballenas.

Después volvió a guardar silencio una eternidad. Bebía de la botella. Debía de tener muchísima sed. Y cuando yo ya empezaba a pensar: «*Mamma mia*, este tío es un muermo», Gold dijo de repente:

—¿Sabes quién es Lassie?

Y yo:

—Pues claro, tío.

Y él:

—Lassie, ¡chico! De pequeño siempre quise tener un perro así. Un collie. Precioso. Estaba completamente loco por Lassie.

Y a partir de ahí la cosa fue rodada. De Flipper y Lassie pasamos a Furia. Después a Rex, un policía diferente. Y a la rana Gustavo. King Kong, Bambi, Mister Ed, Garfield, los pingüinos en general y la cuestión de por qué la abeja Maya saca tanto de quicio.

—¿Son las abejas tan sabelotodo? —preguntó Gold.

—La mayoría —contesté yo.

Gold sabía muchas cosas interesantes de animales famosos. Pero también muchas que no eran interesantes. Habló de «el animal en la literatura» y me preguntó si conocía a un tal «Moby Dick» y a un oso con pocas luces, «Lu» o «Fu» o «Pu». El problema también era que yo empecé a entender cada vez peor a Gold. La botella estaba vacía y él hablaba como si tuviera una bola de sebo para pájaros en la boca. Al final Gold se inclinó torpemente hacia delante en el sillón, la cabeza se le tambaleó y yo me di cuenta de que el aliento le olía como la botella.

—Frankie, tengo que preguntarte una cosa. Pero sé sincero. ¿Estoy loco? Sé sincero.

Y yo:

—Nop. Bueno. Yo creo que no.

Y él:

—Esa es la prueba. Cuando uno le pregunta a un gato si está loco y el gato contesta, es que uno está loco. Esa es la prueba.

Después Gold ya no dijo nada más. Se quedó como estaba en el sillón, triste. Luego se le cerraron los ojos y se puso a roncar como una manada de lobos. Pese a ello, fue una buena conversación.

Yo subí la escalera, fui a la habitación de la cama superblanda y me tumbé. Pero estaba demasiado nervioso, me encaramé al alféizar de la ventana, miré la luna, que iluminaba la montañita en cuya cima se hallaba mi vieja bañera, y pensé: «Frankie, estás loco». Esto no se lo va a creer nadie. Ni siquiera te lo crees tú.

3

COSAS COMO LA CONSIDERACIÓN

Cuando empezaba a amanecer, me puse nervioso. Gold seguía abajo, tirado en el sillón, durmiendo. Me subí a su regazo de un salto y le dije:

—¡Eh, despierta!

Gold no reaccionó. Le puse una pata en la cara, en la nariz. Tocar una nariz humana es divertido, porque está desnuda y es blanda, un poco como un caracol gordo sin casa. Gold pegó un respingo. Después se me quedó mirando y dijo:

—Oh, mierda. Así que existes de verdad, no era un sueño.

—Tengo que hacer pis. ¿Te importaría...?

Señalé con la pata la puerta de la casa, que estaba cerrada.

—¿Qué... qué hora es?

—Ni idea. Soy un gato, no tengo reloj.

Gold miró el pequeño teléfono, que brillaba en la oscuridad como si fuera una luciérnaga.

—Las cuatro y media...

—Ya, ¿y?

—Que es temprano, muy temprano.

—Tengo que hacer pis.

—Pues te aguantas. No se hace pis hasta las siete. Estas son las normas de la casa. Mi casa, mis normas.

Después Gold cerró los ojos.

Yo volví a ponerle la pata en la nariz.

—¡Las siete! —repitió Gold, y se dio media vuelta.

Yo pegué el hocico a su oreja y dije, como si aquello fuese una ratonera:

—Tengo. Que. Hacer. Pis.

—Lárgate.

Lancé unos cuantos maullidos de desesperación, pero Gold no se movió lo más mínimo. Entonces me bajé del sillón y me puse a arañar el sofá.

—¿Se puede saber qué estás haciendo? ¡Para! —gritó Gold.

—Estoy descontento con toda esta situación. Y lo estoy expresando.

—¿Destrozándome el sofá?

—Tengo que hacer pis.

—¡Y yo tengo que dormir! Es de noche y no me encuentro bien. Nada bien. ¿No puedes tener un poco de consideración? Gracias.

—¿Qué es *consideración*?

—¿Te estás cachondeando de mí o qué?

—¿Cachondeando?

—Sí, pitorrearte. ¿Guasearte? ¿Recochinearte? Da lo mismo. ¿Quieres saber lo que es *consideración*?

—No, quiero hacer pis.

—Por Dios, qué pesado eres. *Consideración* significa tener en cuenta las necesidades de otro.

—Mmm. Me parece bien. Tengo que hacer pis.

—¡De otro! No las necesidades propias.

—Está claro.

—¿Seguro?

—Nop.

—Presta atención: ahora me voy a levantar y te voy a abrir la puerta, y de ese modo estaré teniendo consideración contigo. Y después, cuando entres, tú cerrarás el pico, me dejarás dormir y tendrás consideración conmigo.

Contesté:

—Bien. Todo claro.

Pero de bien nada, claro. Hice pis en un arriate cubierto de maleza, agucé el oído por si había algún animal cerca, miré al cielo y pensé: «Consideración. Menuda memez». Si ahora apareciese un águila hambrienta, seguro que no diría:

—¡Voy a por ti! Pero primero termina de hacer tus cosas tranquilamente, Frankie.

Y yo:

—Jo, gracias, águila.

Y ella:

—Sin problema, Frankie. Hay que tener consideración.

A menudo los humanos no tienen ni idea de nada. Pero, si vivís con un humano, hay algo importante: poner límites. Y demostrar quién es el jefe. De lo contrario hacen lo que les da la gana con uno y quieren mandar en todo. Con cosas como la consideración. Y cuando uno se quiere dar cuenta necesita permiso para todo y solo le dejan hacer pis cuando ellos quieren y dormir donde ellos quieren. O sale todo fatal y, con tanta consideración, uno acaba como el gordo de Heinz.

El gordo de Heinz vive a la vuelta de la esquina de la casa abandonada, junto al Camino Grande. No es lo que se dice la lumbrera de la perrera, aunque tampoco es que tenga él la culpa. Y muchas veces me da pena, todos los días corriendo detrás del palo que le tira su humano por el enorme jardín. Y la cosa siempre es así: el humano se sienta en un banco de madera que hay junto a la casa, estira sus piernas cortas y fuma. El humano se llama señor Kaufmann y también está gordo. Más gordo aún que el gordo de Heinz. Cuando el señor Kaufmann tira el palo, el señor Kaufmann entero se tambalea. Para que os hagáis una idea de lo que digo. El gordo de Heinz sale disparado detrás del palo, lo coge y se lo deja a los pies al señor Kaufmann. Y vuelta a empezar.

Lanzar.

Correr.

Lanzar.

Correr.

Sin fin.

Los resuellos roncos del gordo de Heinz no tardan en oírse en medio pueblo, y todo el mundo piensa: «Vaya, ¿se está muriendo?». Salvo el señor Kaufmann, que dice: «¿Te gusta, eh, chico? Te gusta».

Una vez le pregunté al gordo de Heinz si le gustaba.

Yo:

—Heinz, ¿por qué haces eso con el palo? Es una chorrada. Corres arriba y abajo como un loco.

Heinz:

—Lo sé, tío. Pero no lo puedo evitar.

—¿No?

—No.

—¿Quieres hablar de ello?

—Lo hago por mi humano. Porque creo que le gusta. Y mi humano lo hace por mí. Porque cree que me gusta.

—Entiendo. Un círculo vicioso.

—Exacto.

Entonces me figuré que en todo el mundo los perros corren detrás de un palo solo porque los perros no quieren decirles la verdad a sus humanos. O como diría Gold, el listillo: porque tienen consideración. Por lo tanto, la consideración no conduce a nada bueno. Al menos no para nosotros, los animales. Es así.

Volví a la casa. Gold se había cambiado de sitio. Ahora estaba tumbado en el sofá, envuelto en una manta, y dormía. Le puse una pata en la nariz y dije:

—¡Eh, despierta! ¡Hambre!

Y como tuve consideración, solo le di tres veces.

Pero el problema era que no había comida. Y otro problema era que a Gold no le interesaba lo más mínimo ese problema. Estaba tumbado en el sofá, sin más. Primero durmiendo, después mirando a la nada. Y eso era raro, porque, que yo sepa, los humanos siempre están haciendo algo. Sobre todo trabajar. Trabajan y trabajan y al final han talado un bosque o han construido una casa o han movido tres montones de arena de la izquierda a la derecha o han hecho un agujero en alguna parte. Que los humanos trabajen tanto pone de los nervios a todos los que no son humanos, porque alborotan y perturban la paz. Sin embargo, ahora yo me habría alegrado si Gold hubiese hecho algo. Porque resultaba inquietante verlo tumbado y sin mover un dedo.

Dije de nuevo:

—Tengo hambre. —Pero esta vez puse carita de bueno, que es algo que con los humanos siempre funciona.

«Poner carita de bueno» implica: ladear la cabeza, adelantar la boca, doblar un poco las orejas hacia abajo, abrir mucho los ojos y (esto es lo más importante) expresarlo todo con esa mirada: amor, ilusión, dolor, anhelo y demás. Pero hay que saber mezclarlo todo bien. Demasiado dolor es malo, porque entonces el humano no piensa: «Ay, míralo, qué bueno», sino: «Uy, tiene trastornos digestivos».

Pese a mi carita de bueno, Gold no reaccionó.

—Ve a cazar un ratón —fue lo único que dijo.

Y yo me puse muy nervioso. Algo no iba bien.

—¿Es que tú no tienes hambre? —le pregunté—. También querrás comer algo, ¿no?

—A mí ya no me hace falta —respondió Gold—. Me da lo mismo. Todo me da lo mismo.

Y eso era más inquietante incluso que lo de estar

tumbado y mirando a la nada. Conozco a un montón de gente, y entre ella también hay tipejos curiosos: lechuzas, cisnes, perros, un salchicha tuerto, una urraca con hipo y un carnero que se llama Atila, el rey de los hunos. Pero no conozco absolutamente a nadie que diga que ya no le hace falta comer y que «todo le da lo mismo». Creo que ni siquiera a un escarabajo pelotero, que se pasa el santo día haciendo rodar bolas de estiércol, le da todo lo mismo. Porque siempre le interesa una bola de estiércol.

Me subí al alféizar de la ventana, miré al jardín desanimado y me puse a pensar. Si ahora a Gold le daba todo lo mismo, lógicamente yo también le daba lo mismo. Y ya me podía ir olvidando de mi bonita idea de vivir en la casa abandonada y de que me había tocado el gordo y demás. Eso era un problema.

Sin embargo, de repente pasó algo. Y es que eso es lo que sucede en las historias y en la vida. Que de repente pasa algo.

Vi por la ventana que un pequeño coche blanco subía por el Camino Grande y se detenía justo delante de la casa abandonada. Una mujer se bajó. Una mujer que llevaba una maleta. Una mujer que llevaba una maleta y que ahora tocaba el timbre.

—Visita —anuncié.

—Mierda —contestó Gold.

4
LA CAQUITA

La mujer que llevaba la maleta llamó dos veces más al timbre y, como no contestaba nadie, abrió la puerta del jardín, atravesó el jardín y vino hacia la casa. Gold, que lo había observado todo, se levantó del sofá de un salto y fue a la puerta. Pero nada más ir volvió corriendo, se subió a una silla y quitó con nerviosismo el hilo, que todavía colgaba del techo. Durante un instante sopesó qué hacer con él, después tiró el hilo detrás del sofá y corrió de nuevo a la puerta. Yo fui detrás sigilosamente, me escondí en la cocina y asomé la cabeza.

Gold había abierto y hablaba con la mujer. Por la voz parecía joven. Por lo menos más joven que Gold. Pero, os lo pido por favor, no me preguntéis cómo era. No tengo ni idea. Tampoco os puedo decir exactamente cómo es Gold, por si os lo habéis estado preguntando todo este tiempo.

Lo siento. He oído que en los libros que escriben los humanos se describe con todo lujo de detalles a los humanos. O un árbol. O el color del cielo. Me lo contó la gente de la editorial, y el motivo es: a los humanos que leen libros les gusta formarse una idea en la cabeza. Después me leyeron un ejemplo de un libro del famoso escritor He-olvidado-su-nombre, que se eternizaba describiendo a un humano que se rasca un pie y bebe de un grifo oxidado y después vuelve a rascarse el pie y la cantidad de pelos que tiene en el pie y todo eso en aproximadamente un montón de páginas. Impresionante.

Pero yo soy un gato, y a mí todos los humanos me parecen iguales. Tienen: una parte principal uniforme en el medio con cuatro patas largas con garras y una cabeza enorme. Y listo. ¿El pelo? Olvidable. Cuatro mechones pegados en partes que no hay quien entienda. Quienquiera que creara a los humanos no se esforzó mucho. Es así.

Y ahora, al grano, que me estoy enrollando: yo a los humanos los distingo por el olor y por el sonido de su voz. La mujer de la maleta olía a flores, a hierba y a leche. Gold olía a cerrado y a hojas mojadas y al agua de la botella que no era agua. Gold tenía una voz que susurraba y zumbaba como un montón de abejorros. La voz de la mujer más bien era un pío-pío. Como el de un gorrión, aunque más aguda y sonora, más tirando a la de un gorrión molinero. Y con ese pío-pío ahora la mujer de la maleta le decía a Gold:

—Nos llamó usted. Por un gato muerto.

—Ah..., sí —repuso Gold—. La clínica veterinaria. ¿Y usted es?

—Anna Komarowa, veterinaria. ¿El animal está aquí, en el jardín?

—No. Es decir..., ya no. Creo que el asunto está resuelto.

—¿Resuelto?

—Me equivoqué: el... el gato está vivo. Lo siento, debería habérselo notificado.

—Me está diciendo usted que el gato estaba muerto y ahora vuelve a estar vivo, ¿no? ¿Como Jesús? —La mujer que se llamaba Anna Komarowa se rio.

—Mire, siento mucho que haya venido usted para nada... —Gold parecía irritado. Muy irritado.

—¿Hay alguna señal del gato?

—¿Señal?

—¿Lo ha vuelto a ver usted? Puede que estuviera herido y ahora esté entre las matas.

Anna Komarowa echó un vistazo al jardín.

—No, no. Ahí no hay nada. Se puede ir usted tranquilamente. Créame, el gato está bien.

—¿Está seguro? Y ¿cómo sabe usted que es un gato y no una gata? ¿Ha examinado al animal?

—¿Qué? No, claro que no. Me lo dijo él... Bueno, no es que me lo dijera ÉL. Me lo dije yo. A mí mismo. «Seguro que es un gato», me dije cuando lo vi. «Normal y corriente.»

Anna Komarowa miró a Gold como si le faltara un tornillo.

—A ver si lo he entendido bien: primero había un animal que podía ser un gato en el jardín y después lo vio usted y se dijo: «Vaya, seguro que es un gato. Y está muerto». Luego nos llamó a la consulta. Pero a continuación el gato muerto ya no estaba muerto, sino que había... desaparecido, y por eso ahora cree usted que está vivo, sin embargo no lo ha vuelto a ver. Y aunque no lo ha vuelto a ver usted, está completamente seguro de que no está herido, y por eso no ha vuelto a mirar usted en el jardín, aunque es lo que haría alguien normal que se encuentra un gato. Sobre todo un gato muerto que de repente desaparece. ¿Sabe usted cómo me suena a mí todo esto?

Gold asintió y contestó:

—Vale. —Y repitió—: Vale. —Y miró a Anna Komarowa como si le fuese a arrancar la cabeza de un mordisco, pero ella le devolvió la mirada. Lo que yo os diga: fue como ver a dos ciervos en celo al amanecer, parados en un claro y mirándose con cara de pocos amigos antes de arremeter el uno contra el otro—. No desistirá usted así como así, ¿verdad? —se aventuró Gold.

—No con una historia tan tonta como la que me acaba de contar.

—Vale. Bien. Como usted quiera: el gato está aquí, en casa. Lléveselo si quiere, a mí me da lo mismo. Incluso me hará un favor si se lo lleva. ¡Frankie! Tienes visita.

Y así fue como conocí a Anna Komarowa. Se agachó delante de mí, sonrió y dijo:

—Hola, Frankie. Soy Anna.

No me tocó en el acto, sino que primero me ofreció una pata para que yo pudiera olisquearla, un detalle que me pareció educado y muy amable; una apreciación personal.

—Ahora te voy a examinar, ¿vale? —añadió—. No tengas miedo. Será muy rápido y no te dolerá.

Ambas cosas eran mentira.

La tal Anna Komarowa hablaba un hombruno un

tanto raro. Me refiero a cómo sonaba. Me dijo: «Caca, ay, mi caquita». Y mientras tarareaba, buscó algo en su maleta, y yo pensé indignado: «¿*Caca*? ¿Me estás llamando caca?». Y entonces, como si me hubiera leído el pensamiento, aclaró:

—*Caca* es ruso y significa «gato». Mi caquita.

Y eso es algo que no entiendo: ¿por qué el hombruno no es el mismo en todas partes? Una vez en el refugio conocí a un gato que se llamaba Juan y era de un lugar que estaba en Muy-muy-lejos. Se llamaba España, o algo así. Pero ello no supuso ningún problema, porque Juan no hablaba gatuno de España, por si es lo que estáis pensando, sino gatuno corriente, como el que hablamos todos. Porque no hay otro gatuno. Y todo el mundo se atiene a ello. Y yo le dije:

—Oye, Juan, ¿cómo es España?

Juan:

—Calurosa.

Yo:

—¿Y los gatos?

Juan:

—Calientes, amigo.

Y después nos pusimos a charlar tan ricamente y aprendí un montón de cosas de España, que allí los toros van con muletas y pelean en una plaza y hacen otras bobadas. Y ahora imaginaos que dos humanos se juntan y uno es de Muy-muy-lejos y el otro de Muy-muy-cerca. Pues no hay nada que hacer: el uno no entiende lo que dice el otro, se pasan el día entero rascándose la cabeza y pensando: «¿Qué?». Y eso probablemente sea lo más tonto del mundo.

Lo que pasó después casi preferiría no contároslo, pero a pesar de todo os lo voy a contar. Anna Komarowa dijo: «Caquita mía, ahora tienes que ser valiente», y se puso a toquetearme la cabeza. Primero la oreja izquierda, en la que me falta un trozo. Me lo arrancó una vez un mapache con ese hocico puntiagudo que tienen. Los mapaches son bichos malos y quitan orejas a otros animales.

Después Anna Komarowa me toqueteó en la parte mala, donde me dio la cosa aquella, y dijo: «Vaya, vaya, caquita mía», y le echó unas gotas. ¡Me escoció de mala manera! Lancé tal aullido que me dio vergüenza incluso a mí. De repente me clavó una flecha y yo aullé y bufé. Mientras seguía aullando y bufando, Anna Komarowa me metió algo por detrás. Un palito frío. ¡Me atacaba por todas partes! Cuando pensé: «Vale, detrás», Anna Komarowa ya estaba otra vez delante. Me abrió la boca y me metió algo. «Para los parásitos», dijo.

Me sentí el gato más sucio de la faz de la tierra.

A continuación Anna Komarowa me puso bocarriba, me abrió las patas traseras y se puso a revolver entre el pelo.

«Ah, bien, mi caquita está castrado», dijo. Y me soltó. Corrí a meterme debajo del sofá y allí me quedé, con el culo contra la pared, temblando de miedo y de rabia. Humanos, ¿por qué hacéis esas cosas? Someter al señor gato que soy y clavarle flechas, echarle una cosa que escuece en la cabeza. ¿Os da gusto? ¿Tan malos sois? ¿Y por qué estoy «castrado»?

¿Sinceramente? No sé lo que significa *castrado*, pero de estarlo, digo yo que lo sabría, lógicamente. O me sentiría así. Porque seguro que alguien me habría dicho: «Eh, Frankie, no sé, hoy pareces castrado». Pero así son los humanos. Dicen tonterías de los animales y sueltan palabras complicadas porque piensan que solo ellos entienden esas palabras y así sienten que son superiores y los amos y señores del mundo.

Mientras yo estaba agazapado debajo del sofá, temblando, Gold y Anna Komarowa hablaban. Es posible que no entendiese toda la conversación, porque seguía en estado de *shock* y debajo de un sofá tampoco se oye bien. Pero lo que entendí fue lo siguiente:

—Tome estas pastillas —ofreció Anna Komarowa—. Dele una al día durante cinco días para que no se le infecte la herida que tiene en la cabeza.

—Yo no puedo ocuparme de él —replicó Gold—. Estoy... Me tengo que ir. El gato no es mío.

—Pero está debajo de su sofá. En su casa.

—Llléveselo usted, por favor.

—Soy veterinaria, no un refugio.

—De verdad que yo no me lo puedo quedar, lo siento.

—¿Se puede saber cuál es el problema?

—YO soy el problema —afirmó Gold.

—¿Es alérgico al pelo de gato?

—¿Qué? No...

—Bueno, pues en ese caso cuidar cinco días a un animal, mimarlo un poco... Hasta un niño puede hacerlo. Así que no sea usted cretino. Y cómprele comida. Está muy flaco. Esta es la dirección de la tienda para mascotas, ahí puede comprarlo todo. Volveré a pasar por aquí para echarle un vistazo. Cuide usted bien de mi caquita.

Y después Anna Komarowa se fue. Montó en su pequeño coche, que subió por el Camino Grande metiendo ruido.

«Cinco días», pensé yo.

5

SALVE, LÍDER SUPREMO

Me quedé dormido un rato. Me desperté. En un momento dado Gold se plantó delante del sofá y preguntó:

—Frankie, ¿todavía estás ahí debajo?

Yo contesté:

—Puede.

—Voy a salir —informó Gold.

—¿Salir? ¿Adónde?

—A hacer recados. La compra —especificó Gold.

—¿A la tienda para mascotas?

—Es posible, sí.

Salí de debajo del sofá.

—Voy contigo.

—Ni hablar. No tardaré.

—Voy contigo.

—En esta casa se sigue el PE, Frankie.

—¿PE?

—Procedimiento Estándar. Lo que significa que tú haces lo que yo digo. Y lo más importante: no me saques de quicio. O me pondré insoportable.

—¿Ya estás desquiciado?

—No especialmente, aún. Aunque la cosa puede cambiar muy deprisa.

—Ya. Entiendo. Muy interesante.

Después seguí a Gold hasta el coche, él no pudo hacer nada para impedirlo, y cuando abrió una puerta, pasé por delante de él como una bala y me metí dentro. Fue pan comido. Olisqueé un poco el coche, me senté junto a Gold y dije:

—Cuando quieras.

Él me lanzó una mirada asesina y yo pensé: «Seguro que ahora me coge y me echa», pero se limitó a decir:

—Total, qué más da.

Y arrancó el coche.

Ahora puede que estéis pensando: «¿Por qué va un gato a hacer la compra? Menuda tontería». Pero no me fiaba de Gold. «Yo no puedo ocuparme de él», le había dicho a Anna Komarowa. Probablemente ahora quisiera largarse. Sin mí. Porque los humanos son así. Lo sé por experiencia. La anciana señora Berkowitz primero me sacó del refugio y después se marchó. De un día para otro. Se fue en el coche blanco con las luces en el techo. Sin despedirse y sin motivo. Y por eso estaba yo donde estaba ahora.

A ello había que añadir: yo antes había aguzado los sentidos al oír las palabras «tienda para mascotas». Una vez conocí a un zorro que conocía a un terrier que tenía un tío que estuvo una vez en la tienda para mascotas. O eso me contó el zorro. Al parecer, en esa tienda es donde los humanos sirven a los animales. Vestidos de blanco y supereducados y en todas las lenguas animales y demás. Nada más entrar lo reciben a uno con comida y le preguntan: «¿Qué le apetece? ¿Comida seca o húmeda? ¿Nacional o internacional?». Cuando uno va cargado, como por ejemplo un burro de carga, un humano se acerca corriendo y le quita la carga al burro de carga. Pero en la tienda para mascotas uno también se puede dejar acariciar, despiojar, masajear o peinar por humanos, bañarse en hierba gatera o ver todo el día documentales de pingüinos.

Yo:

—Vaya, zorro, suena genial.

Y él:

—La tienda para mascotas es el mejor sitio del mundo. Lo que yo te diga.

Claro que también es preciso saber que los zorros mienten más que hablan. Porque siempre exageran. Forma parte de su naturaleza. A mí no me parece mal, porque los zorros no lo hacen con mala intención. Si te topas con un zorro en el bosque y le preguntas:

—¿Falta mucho para llegar al río?

Seguro que el zorro contesta:

—Está a la vuelta de la esquina, amigo.

Y uno se pasa medio día andando. Claro que los zorros nunca dicen nada malo de nada ni de nadie. Solo cosas positivas. Solo cosas luminosas. Por eso suelen invitarlos a los entierros. En calidad de panegiristas. Salvo las gallinas, claro está. En todos los entierros a los que he asistido siempre era un zorro el que pronunciaba el panegírico y al final todos llorábamos a mares y los muertos nos parecían mucho mejores que los vivos. Así que, aunque la tienda para mascotas fuese solo la mitad de buena de lo que había dicho el zorro, yo quería ir a toda costa.

Atravesamos despacio el pueblo por el Camino Grande. Siempre que veía a alguien, ya fuese humano o animal, yo lo saludaba con la pata. Como si fuera un rey o un presidente. Sé, porque lo he visto en la televisión, que los reyes y los presidentes tienen que hacer eso todos los días. Ir por ahí saludando. El porqué lo desconozco, pero creo que si hay que trabajar todo el día, como hacen siempre los humanos, mejor que sea en eso. Dicho sea de paso, yo sería un buen presidente, por si alguna vez os hace falta uno.

Cuando dejamos atrás el pueblo fuimos más deprisa, yo miraba por la ventanilla, por todas partes había sitios, lugares en los que no había estado nunca, territorios desconocidos. Era inquietante. ¡Qué grande es el mundo! ¡Cuántas cosas hay que ver, oler y escuchar!

Por desgracia, ahora también las sacudidas y la velocidad del coche eran increíbles, los árboles pasaban delante de mí como un rayo, las matas, incluso las nubes, y me puse muy malo. ¿Desde cuándo los árboles pasan como rayos? Primero empecé a bostezar, después a maullar de un modo lastimero, me sentía fatal y perdido. Estaba muy mareado. ¿Por qué me había subido al coche? «Frankie, si serás tonto.»

—¿Qué pasa? —preguntó Gold.

—No me encuentro bien. —Gold redujo la velocidad—. Gracias —dije bostezando, y me tumbé bocabajo.

—No me pongas el coche perdido de vómito —advirtió Gold—. Estás en un Benz 280 SL del 86.

—Claro —contesté. Ni idea de lo que quería decirme con eso. El coche era estrecho, olía a viejo, un poco a perro mojado, y solo tenía dos asientos. Creo que era un coche para humanos pobres.

Gold bajó la ventanilla. Entró aire. Puso música, un tecleo y un trompeteo a un volumen bajo.

—Concéntrate en la música y respira —aconsejó Gold—. Linda solía marearse en el coche. Tienes que respirar. Inhalar y exhalar de manera consciente. Ayuda.

—¿Quién es Linda? —pregunté mientras respiraba.

—Mi mujer.

«Mierda», pensé. Un humano ya da problemas y uno nunca sabe a qué atenerse. Pero ¿dos humanos?

—¿Tienes mujer?

—Tenía —corrigió Gold—. Ya no la tengo.

«Uf, he tenido suerte», pensé.

—Y ¿dónde está ahora? ¿En otro barrio?

—Por así decirlo. En el cielo —respondió Gold, y señaló hacia arriba.

—¿En el cielo? ¿Con los pájaros o algo?

Me parecía muy poco probable que un humano anduviese volando por ahí arriba.

—Con Dios. Si es que Dios existe.

—¿El cielo? ¿Dios? No entiendo nada.

—Respira y deja de decir bobadas.

—Puedo respirar y decir bobadas. ¿Quién es Dios?

—Tú no eres muy religioso, ¿no?

—¿*Religioso* es algo así como *castrado*?

—No directamente. Dios es..., en fin, el jefe. El que creó el mundo. Dios guía y protege a los seres humanos. Si uno es religioso, cree en Dios.

—Ah, el Líder Supremo.

—Eso. ¿Tú crees en el «Líder Supremo»?

—Algunos perros creen en él. Sobre todo los agresivos, que no tienen muchas luces. Pitbulls, dóberman, bulldogs y demás. Creen que hay un Líder Supremo. Antes de que fuera el Líder Supremo, el Líder Supremo se llamaba Blondie.

—¿Blondie?

—Eso he oído. Por lo visto, es un pastor alemán y muy viejo. Pero enorme. Con un morro enorme, unos dientes enormes, y vive en lo más alto de una montaña enorme en una caseta de perro enorme y a veces ladra desde lo alto de la montaña cosas supersabias que todos han de obedecer. También puede que no sean cosas sabias.

—¿Y tú?

—No sé si existe el Líder Supremo.

—Así que eres agnóstico.

—Claro.

—¿Sabes lo que significa *agnóstico*?

—Los agnósticos venden gafas.

—Esos son los ópticos.

—Lo que tú digas. ¿Es que los agnósticos no venden gafas?

—Seguro que algunos ópticos también son agnósticos.

—Pues eso.

—Pero no es lo mismo.

—Yo no he dicho que lo sea. Ay, tío, qué mareado estoy. Me encuentro fatal.

La carretera se volvió más accidentada, de pronto el coche subía y bajaba y subía y bajaba, como si estuviésemos cogiendo olas. Que no es que yo hubiera cogido olas antes. Pero ya sabéis lo que quiero decir. Gold me puso una mano en la cabeza, por desgracia solo un momento, como si tuviese miedo. La mano era grande y pesada, mi cabeza desapareció casi por completo en ella, como si fuese una cueva. Y resultó tranquilizador. Cerré los ojos, respiré —inhalé conscientemente, exhalé conscientemente—, escuché el tintineo. Pero, para distraerme, lo mejor era hablar.

—¿Por qué tenía tantas ganas tu mujer de ir al cielo? Con lo lejísimos que está.

—Mi mujer murió —repuso Gold.

Y solo entonces entendí lo que pasaba.

Pero tampoco lo entendí todo.

—El cielo no es un lugar concreto —explicó Gold—. Más bien una... metáfora. Una idea reconfortante, ¿entiendes?

—Nop.

—Muchos creen que hay vida después de la muerte. El alma del que ha muerto sube al cielo. Y se reúne con Dios. El cielo es donde está Dios.

—¿Yo también tengo un «alma» de esas?

—Sí. Todos los seres vivos.

—Guay. ¿Qué es un alma?

—Lo quieres saber de verdad, ¿no? El alma es, cómo decirlo: la parte de ti que no muere. Tus sentimientos, tus pensamientos, tus vivencias. La esencia de tu ser.

A mí todo eso me resultaba demasiado complicado. Metáforas, esencia y demás. Pero, a pesar de ello, estaba bien tener alma. Por si acaso. Porque nunca se sabe cómo van a venir las cosas y si no hará falta un alma. Además, yo ahora era agnóstico. Y creo que todos tienen alma, de lo contrario no se puede ser agnóstico. Pero bien bien no lo sé.

—¿Tú también eres agnóstico? —quise saber.

—Ateo —afirmó Gold—. O al menos siempre he creído serlo.

Preferí no preguntar qué era un «ateo». De haberlo hecho, la cabeza me habría estallado. Y Gold tampoco me lo explicó. Así que lo tendréis que averiguar por vuestra cuenta.

Me tumbé bocarriba, con las patas en el aire, mi postura preferida, para dormitar. Pero no podía dormitar. Tenía el estómago completamente loco. Miré por la ventanilla el cielo, que era muy azul, más azul aún que una nomeolvides e increíblemente grande. Y es que no tenía fin, y eso que ya llevábamos un buen rato en el coche, en mi vida había ido yo tan lejos, y el cielo seguía ahí. Me asustó mucho que al parecer no se pudiera escapar del cielo. Sobre todo porque ahora, además, me imaginé que por allí arriba, en el cielo, revoloteaban un montón de humanos y Dios y mogollón de almas y ateos y ópticos y la mujer de Gold. Puede que incluso la anciana señora Berkowitz. Y me quedé muerto solo de pensarlo, porque era una idea muy inquietante. Sobre todo porque también había pájaros y aviones. ¡Menudo caos! Aunque, en cierto modo, también era una idea bonita.

Inquietante y bonita. Y entonces pensé que algún día yo también podría vivir en el cielo, o mi alma, siempre que los agnósticos de verdad tengan alma. Pero ¿sinceramente? Yo no quería ir al cielo. El viaje a la tienda para mascotas ya era bastante agotador, ni de coña conseguiría llegar hasta el cielo. Estaba claro.

6

ANIMAL DE CORREA

Nos detuvimos delante de una casa baja que se alzaba en el paisaje como una enorme caja amarilla.

—¿Y esta es la tienda para mascotas?

—Eso parece —contestó Gold.

Allí había otras cajas parecidas, un montón, y los humanos entraban y salían de ellas a toda prisa, llevaban en la mano bolsas que metían en sus coches y, cuando se iban, en el acto llegaban otros coches con otros humanos que también salían con bolsas de las cajas. Y así ininterrumpidamente. «Como las hormigas», pensé.

Nos bajamos y me estiré un momento, pero con el oído aguzado, ya que allí había mucho ruido y todo era desconocido.

—¿Listo? —preguntó Gold.

—Nací listo —contesté yo.

—Vale. Cuando entremos ahí, nada de hablar. ¿Entendido?

—¿Por qué?

—Puedes ir empezando a no hablar desde ya.

—Pero quizá tenga cosas que decir.

—¿Sabes qué es esto? Mira atentamente.

Con la pata derecha, Gold hizo un gesto extraño, como haciendo unos cuernos con la mano.

—¿Cómo voy a saber qué es eso?

—Es el zorro silencioso. Cuando veas un zorro silencioso tendrás que mantener la boca cerrada y no sacarme de quicio.

—Los zorros silenciosos no existen. Si lo sabré yo. Existe el zorro rojo. Existe el zorro ártico. Y el zorro polar y el...

—¡Frankie! ¡Zorro silencioso!

Y Gold echó a andar hacia la entrada de la tienda para mascotas. Yo me quedé un poco más atrás, por si nos atacaban. Además, allí había una puerta, y las puertas son un problema, porque se interponen en el camino de un gato y no se apartan aunque uno se lo pida por favor. Pero entonces la puerta se abrió sola. Casi me caigo de culo del susto, porque allí no había nadie, absolutamente nadie, que abriera y cerrara la puerta, o se había escondido muy bien o era invisible. Pero no lo creo. En cualquier caso, en ese momento sentí una gran admiración. Menuda puerta mágica.

Y acto seguido me vi en la tienda para mascotas. Nadie acudió a servirme. Nadie vestía de blanco. Nadie hablaba una lengua animal. ¡Maldito zorro! En vez de eso, una mujer muy gorda vino hacia nosotros, moviendo los brazos como una loca, y exclamó:

—Hola. No puede hacer eso. ¡Hola! —Me escondí detrás de las piernas de Gold—. ¿Se puede saber qué significa esto? —añadió cuando se plantó delante de nosotros, resollando, y me señaló. La mujer gorda iba vestida toda de amarillo, como una mariposa limonera enorme, y probablemente fuera uno de los humanos que trabajaban en la tienda para mascotas.

—¿Qué significa qué? —preguntó Gold.

—¿Este minino es suyo?

—Gato —precisó Gold—. Para él es importante el matiz.

—Bien, pero no puede entrar aquí con ese animal.

—¿No puedo?

—No se haga el gracioso conmigo.

—Pero esta es una tienda para mascotas, ¿no es así?

—Sí, pues claro que es una tienda para mascotas,

pero no por ello se puede entrar con animales como a uno le convenga. El minino tiene que quedarse fuera.

—Gato —corrigió Gold.

En ese momento, por la puerta mágica entró una mujer que llevaba a un perro, un setter marrón, con una correa. Por si nunca os habéis relacionado con un setter: los setters son de lo más vanidosos. Y eso es quedarse corto. Los setters creen que tienen un pelo superbonito y un morro supercuco y el resto también es supercuco y superbonito. Los setters van con la cabeza tan alta que ni siquiera huelen sus propios pedos. Es así.

Setter:

—Hola, gato. ¿Todo bien?

Y yo:

—Hola, setter. Tienes buen aspecto.

Setter:

—Lo sé, pero hoy especialmente, ¿no te parece?

Y yo:

—Me está dando problemas la limonera esta.

Setter:

—Siento oír eso, tío. Mucha suerte. Estaré atrás, en Pelo y Cuidados de las Patas.

Dicho eso, pasaron por delante de nosotros, la mujer y el setter, como si fuese lo más natural del mundo.

—¿Por qué puede entrar el perro? —quiso saber Gold.

—Los perros pueden entrar si van con correa. Esa

es la normativa. Lo pone todo fuera, en la puerta —aclaró la limonera.

—Pero eso es... racismo —apuntó Gold.

—¿Qué? ¿Se puede saber qué está diciendo? —replicó la limonera.

—¿Perros sí, gatos no? No trata de la misma manera a todos los animales. Discrimina usted a algunos.

—Yo no discrimino a nadie.

—¿Sabe qué? Voy a tomar buena nota de todo. Sepa usted que soy periodista. Oh, va a ser un buen titular: «Racistas en la tienda para mascotas». Y me centraré en usted y la mencionaré: «La pequeña cerda nazi amarilla de la tienda para mascotas».

—¡Ya basta! Está usted loco.

—Pero no soy un cerdo nazi.

A su lado, yo solo pensaba: «¿Racista? ¿Cerda nazi?». Y de pronto se me ocurrió que podía reunir las palabras complicadas de los humanos que llegaban a mis oídos constantemente y explicarlas un poco a otros animales. Los humanos tienen un libro gordo que se llama *La vida de los animales de Brehm*. La anciana señora Berkowitz lo utilizaba constantemente. En él pone muchas cosas sobre los animales. Pero ¿acaso hay un libro gordo para los animales en el que ponga muchas cosas sobre los humanos? Ahí tenéis.

De *La vida de los humanos de Frankie*:

Racista:

Mujer gorda amarilla, parecida a una mariposa limonera. Trabaja en la tienda para mascotas. Dice: perros sí, gatos no.

Cerda nazi:

En realidad no es una cerda. Es: mujer gorda amarilla, parecida a una mariposa limonera. Trabaja en la tienda para mascotas. Dice: perros sí, gatos no.

Pero, por desgracia, la cuestión, amigos míos, es que creo que soy demasiado vago para escribir un libro tan gordo. Uno ha de ser sincero.

Gold y la limonera siguieron discutiendo, y yo no sé por qué Gold estaba tan empecinado con aquello. No paraba de repetir «racista» y «cerda nazi», la limonera ya tenía lágrimas en los ojos, y de pronto me dio pena. Era como jugar con un ratón medio muerto, asustado, solo para divertirse y... Aunque... yo siempre hago eso mismo. Mal ejemplo. Olvidaos del ratón.

—Pues lleve al minino con correa —dijo al final la limonera.

—Gato —corrigió Gold—. Lo que usted diga. ¿Me puede prestar una?

La limonera se alejó con paso airado, posiblemente para ir a por una correa, y yo le dije a Gold:

—No pienso ponerme eso en el cuello.

—Vamos, Frankie.

—¡Jamás!

—Solo una vez. Nadie lo sabrá.

—Lo sabré yo.

—Mira al setter, también va con correa.

—Porque es un perro.

—Ya, claro.

—De claro, nada. Hay cinco especies de animales: de granja, gregarios, de carga, de correa y libres. Además de algunas subespecies y especies híbridas. Los animales libres (como es mi caso) gozan de mucho respeto. Están en lo más alto. Los animales de carga, los gregarios y los de granja, en fin. En el medio. Pero en lo más bajo están los animales de correa, porque se dejan esclavizar voluntariamente por los humanos. *Animal de correa* es un insulto. Una vez un tordo me llamó animal de correa y le di un buen mordisco en la cabeza.

—Vale, vale. Problema entendido. Nada de correa. En ese caso, espera fuera.

—Pero me quiero quedar aquí. Soy un animal y tengo derecho a comprar en la tienda para mascotas.

—¿Tienes dinero?

—¿Qué? Pues claro que no.

—Vaya. Ni correa ni dinero. La cosa no pinta bien para ti.

La limonera volvió. Llevaba una correa en la mano y me miró risueña. Gold también me miró. Y yo me vi plantado allí, casi en el destino de mis sueños, y pensé: «Mierda, Frankie».

Sería un detalle que no fueseis contando esto por ahí, ¿de acuerdo? Porque bochornoso se queda muy corto. Mientras avanzaba de mala gana por la tienda para mascotas como animal de correa, pensaba: «Espero que no me vea nadie. No con esta pinta». Gold, al que todo aquello le hacía gracia, decía: «¡Aquí, Frankie!» y «Siéntate, Frankie». Su humor es muy básico.

En cualquier caso, la tienda para mascotas estaba llena de cosas, yo nunca había visto nada igual. Amigos, había cojines, camas, cuencos, peines, cepillos de dientes, crema para las patas, jerséis, zapatos. Entre otras cosas. Aunque no conozco a ningún animal que lleve jersey, ni siquiera las babosas, y eso que no les iría nada mal. Pero que los humanos confeccionasen jerséis expresamente para animales me llegó al alma. Por lo visto, había humanos que no hacían más que pensar en los animales. Era algo digno de imaginar. Metidos todo el día en una fábrica para tiendas de mascotas, comiendo allí mismo sus bocadillos de embutido, cavilando sobre cuencos o silbatos para perros y hablando así:

Humano 1:

—Eh, chicos, callaos un momento, el compañero os quiere enseñar una cosa.

Humano 2:

—He estado pensando y he confeccionado unos zapatos para ranas. Porque pasan mucho tiempo descalzas en las charcas. Además, los zapatos son impermeables.

Humano 1:

—Buena idea, compañero.

Humano 3:

—No te lo tomes a mal, pero ¿no son impermeables los pies de las ranas?

Humano 2:

—¿Estás seguro?

Humano 3:

—Bastante seguro, sí.

Humano 2:

—Vaya, menuda metedura de pata. Pero tengo otra cosa: un retrete para castores. De madera. Para que lo construyan ellos mismos.

Y todos los humanos:

—Vaya, es superpráctico, compañero. Los castores estarán superagradecidos.

Y después aplaudían todos con las manos, hasta que se les ponían muy rojas.

Mientras soñaba eso me sentía muy feliz. Pero al cabo de un rato anda que te anda por la tienda para mascotas, me percaté de que algo no cuadraba. Y es que también había jaulas, y en una había una cotorra verde. En un columpio de madera. La cotorra miraba al frente, de pronto hundió el pico en las plumas y se arrancó una, movió la cabeza a un lado y a otro. Y vuelta a empezar:

Mirar.

Hundir el pico.

Mover la cabeza a un lado y a otro.

Mirar.

Hundir el pico.

Yo:

—Hola, cotorra. ¿Todo en orden?

Pero ella no dijo ni mu.

¿Sinceramente? A mí no me entusiasman los pájaros. Algunos cantan bien, y una vez que yo tenía mal de amores y estaba por la noche tumbado junto a mi vieja bañera, mirando las estrellas, un ruiseñor cantó y a punto estuve de ponerme a maullar sin parar de lo bonito que era su canto y de lo roto que tenía yo el corazón. Pero la mayoría de los pájaros lo único que hacen es cagarte en la cabeza. Una vez conocí a un cuco que se iba en otoño y volvía en primavera.

Cuco:

—Hola, Frankie, ¿a que no adivinas de dónde vengo?

Y yo:

—Me da lo mismo. ¡No me cagues en la cabeza!

Cuco:

—De África. ¿Has estado alguna vez en África?

Y yo:

—Nop.

Cuco:

—Eres bastante provinciano, ¿eh?

Y yo:

—¿Provinciano?

Cuco:

—Catetillo. Ni sales de aquí ni ves mundo.

Y yo:

—Este es mi territorio.

Cuco:

—Yo es que soy megapolíglota, ¿sabes? No lo puedo evitar. Es mi estilo de vida. Megaemocionante, ¿eh?

Y yo:

—Políglota y tonto del culo.

Cuco:

—Ay, Frankie. Ojalá pudieras ver lo que yo veo: África, el océano, leones, pingüinos...

Y yo:

—¡Pingüinos! ¿De verdad?

Cuco:

—Pero qué tontito eres. Pues claro. Aunque, ahora que lo pienso, tú no puedes ir a África. ¡No tienes alas! Ay, pobrecito mío.

Y yo:

—Vamos, ahueca el ala de una vez.

Y finalmente la ahuecó. O eso pensaba yo. Hasta que, de repente, me cayó en la cabeza algo húmedo.

Así son las aves migratorias. Para que lo sepáis.

Pero lo de la cotorra en la jaula era algo distinto. Una auténtica pena. Ya solo el columpio... A ver, humanos, ¿qué creéis vosotros que hace todo el día una cotorra que vive en libertad? ¿Mecerse en un columpio para cotorras en el bosque? Y si tanto os gusta la cotorra, ¿por qué la metéis en una jaula? ¿Así es como demostráis vuestro amor?

—Abre la jaula —le pedí a Gold.

—Eso traerá problemas, Frankie.

—¡Ábrela!

Gold echó una ojeada para ver dónde estaba la limonera y después abrió deprisa la puerta de la jaula.

—Venga, lárgate, cotorra —exclamé—. ¡Vuela!

Pero la cotorra siguió donde estaba. Como clavada en el sitio. Siguió mirando al frente, hundió el pico en las plumas como si fuera boba, se arrancó una. Y fue lo más triste que he visto en mi vida. Una cotorra que ya no era una cotorra.

Continuamos andando, dejando atrás más cosas —había ratones de mentira que chillaban en un falso ratuno cuando se les apretaba la barriga y cajas transparentes en las que vivían peces—, hasta que llegamos a las cosas de gatos.

—¿Qué quieres comer? —me preguntó Gold mientras revolvía en un estante enorme.

Eso nunca me lo había preguntado nadie. Lo que quería comer. Cuando se vive en una montaña de basura debajo de una bañera vieja, uno se da con un canto en los dientes si tiene algo de comer, lo que sea. Las cosas que me he metido en la boca, amigos. Una vez había un erizo en la carretera, al sol, al que habían atropellado. Tenía una mitad completamente aplastada. En la otra aún era un erizo, con cara y tal. Bueno, en realidad no. Y, como tenía hambre, me senté en el borde de la carretera y me metí en la boca la nariz seca del erizo, el único sitio en el que no tenía púas, y pensé: «Podría ser peor. En lo que respecta al sabor. Pero no mucho peor».

—Hay trucha, pavo, ciervo, ternera de los Prealpes...

—¿Ternera? —pregunté.

—Mira.

Gold me levantó y me acomodó en su hombro. Era verdad, había ternera. Y gambas, canguro, atún, incluso reno, que no sé cómo es, y todo estaba metido en una cajita brillante en la que se veía a un gato desganado que comía con elegancia de un plato, como si fuese un humano con pelo.

—«Deliciosa carne de reno con pollo y sabrosas zanahorias *baby*» —leyó Gold en voz alta.

Naturalmente, ya he comido comida para gatos. Mucha. Pero nunca sabía qué contenía. Era simplemente una papilla que me daba la anciana señora Berkowitz. Me gustaba la papilla. Pero eso de ahora me parecía superraro. ¿Por qué ternera? No conozco a ningún gato que se coma una vaca. En la vida real. ¡No es posible! O un ciervo. O que salga en un barco a pescar gambas. O un atún enorme. Y de pronto todo eso estaba en la comida para gatos. ¿Es posible que vosotros, los humanos, queráis tener gatos que se parezcan más a los humanos? Gold cogió comida para gatos (lo único que no quise fue reno, porque Gold dijo que los renos viven en Suecia, donde viven los suecos, y que en Suecia, donde viven los suecos, hacía un frío que pelaba y yo prefiero comer animales templados) y fuimos de nuevo hacia la puerta mágica. Pasamos por delante de cosas que se llamaban *árboles rascadores*, aunque no se parecían en nada a los árboles. Pasamos por delante de casitas que no eran casitas, sino *inodoros para gatos*. Me metí por curiosidad en una de esas casas, me senté, olisqueé; era oscura y estrecha como una conejera. ¿Sinceramente? Los inodoros para gatos son una chorrada, porque el mundo entero es un inodoro. Pero sé que los humanos tienen inodoros. Donde vive un humano siempre vive también su inodoro. Las dos cosas van juntas. Son inseparables. Y entonces se me ocurrió que, si yo tuviese un inodoro que viviese en la casa de Gold, yo también viviría allí. Automáticamente. No solo cinco días, sino para siempre. Para los humanos, tener inodoro propio es como marcar el territorio, ¿entendéis?

—Quiero un inodoro —pedí, y me senté.

—¿Por qué? —preguntó Gold.

—Higiene —aseguré.

—Y ¿quién se supone que limpiará el inodoro?

Miré a Gold.

—Difícilmente puedo hacerlo yo —alegué, y le enseñé las patas.

Gold no puso más objeciones. Curiosamente. Se limitó a asentir en silencio, como si todo le diera lo mismo. Después cogió un inodoro y un saco de arena y no tardamos en vernos de nuevo delante de la limonera. La limonera me quitó la correa, salimos por la puerta mágica y me alegré de estar fuera, porque la tienda para mascotas no era un sitio para animales. Sino para humanos con animales. Y eso es algo completamente distinto.

En ese momento oí un zumbido. Se acercaba deprisa, y al volver la cabeza vi que la cotorra verde volaba hacia la puerta mágica. ¡Conque no era tan tonta! Iba por la tienda para mascotas haciendo unas eses terribles, como si no volara desde hacía siglos o se hubiese arrancado demasiadas plumas.

Yo:

—¡Por aquí, cotorra!

Y ella:

—Ya voy.

Y yo:

—¡Libertad!

Y ella:

—Ya vo...

Entonces la puerta mágica se cerró y la cotorra se estampó contra ella. A toda pastilla. Con el pico por delante. Se oyó un buen crujido. Y si las cosas de verdad eran como decía Gold y todos los animales tienen alma, el alma de la cotorra ahora iba volando hacia el cielo. Pero verla, yo no la vi.

La limonera fue deprisa hacia la puerta mágica y

miró con desconcierto a la cotorra, que estaba en el suelo y no se movía.

Y después a nosotros.

Y después otra vez a la cotorra.

La limonera no entendía nada. Cogió a la cotorra con dos dedos por una de las alas, la llevó con el brazo extendido y la tiró al cubo de la basura que había delante de la tienda para mascotas.

Gold entró un momento en una tienda para humanos para comprar algo y a continuación nos subimos al coche. Y pensé en la cotorra y su triste final y me deprimí mucho.

—Si al menos se la hubiera comido —comenté—. Pero esa mujer la ha tirado como si fuera basura.

—Nosotros no comemos cotorras —dijo Gold.

—¿No?

—No.

—Aun así. Pobre infeliz, la cotorra.

—Bueno, puede que quisiera morir. Su vida, en fin, no era la mejor —aventuró Gold.

—Menuda chorrada.

—Ha volado directa a la puerta.

—Ha sido un accidente. Nadie *quiere* morir.

—Muchos de nosotros queremos morir. E incluso lo intentamos. Se llama *suicidio*.

—Suicidio, menuda chorrada.

Porque eso es lo que era. Conozco a un montón de muertos, y ninguno de ellos *quería* estar muerto. Eran viejos o estaban enfermos o las dos cosas y los comieron o los atropellaron o se murieron de frío o de hambre. No había nada que hacer. Pero si, por ejemplo, le preguntas a un tejón que tiene frío y hambre: «A ver, tejón, ¿tú te quieres morir? ¿Te estás suicidando?», seguro que el tejón no responde: «¡Claro!». Eso no habría por dónde cogerlo.

Sin embargo, lo que me confundió fue: daba la impresión de que Gold creía de verdad en la chorrada esa del suicidio. Lo decía completamente serio. Y yo tengo buen instinto. Y ahora yo diría instintivamente que en lo del suicidio y en la forma en que Gold hablaba de él había algo inquietante. Y ahí fue cuando empecé a darle vueltas.

Pero no muchas. Porque de repente volvieron las sacudidas y la velocidad en el coche, yo apoyé la cabeza en las patas mientras maullaba, inhalando conscientemente y exhalando conscientemente. Y cuando es preciso respirar de manera tan consciente uno ya no piensa en la muerte. Porque si lo hace se le revuelve todo el cuerpo. Es así.

7

LINDA

Todo podría haber ido superbién. Y en un primer momento también yo pensé que iría superbién. Porque tenía comida, tenía una casa, tenía un televisor. Hasta tenía una cama.

Naturalmente, Gold dijo: «En mi cama no, Frankie. Mi cama es tabú, Frankie. Baja de ahí, Frankie».

Ni idea de lo que significa *tabú*. Y, para mi gusto, los humanos dicen demasiado a menudo todo lo que *no* hay que hacer. Y eso que no es nada divertido *no* hacer algo. Sobre todo cuando uno quiere hacerlo. Y la cama es grande. Tumbarse uno solo sería desaprovecharla totalmente, le dije a Gold. Además: ronroneé, puse carita de bueno, me repanchingué e intenté engatusarlo a base de bien. Por la noche me senté delante de la habitación, cuya puerta estaba cerrada, y me puse a maullar. Sin parar. Fue agotador, pero valió la pena. Ahora duermo todos los días en *mi* cama, y Gold también. Si le dejo sitio en el borde.

Y a esto me refiero con lo de que todo podría haber ido superbién. Podría haber vivido en la casa abandonada como un rey o como un presidente. El único que daba problemas era Gold.

Al día siguiente de ir a la tienda para mascotas recibí mis comidas puntualmente: mañana, tarde y noche. Después el plato estaba vacío con frecuencia y me veía obligado a discutir continuamente. Si le decía a Gold: «Tengo hambre», él contestaba: «Se me ha olvidado». O: «Luego, Frankie». O: «Ahora mismo no puedo».

Y eso que la cosa es fácil, ¿no? Hasta un tonto podría hacerlo.

El propio Gold comía poco y una mañana se cayó de la silla, con una botella de agua que no era agua en la mano. Estaba como muerto en el suelo y, justo cuando pensé que estaba muerto de verdad, él abrió los ojos y dijo: «No me mires así».

Cuando comía, Gold comía en la cama. Dejaba al lado los cacharros vacíos y medio vacíos en cuanto terminaba. A veces yo lamía los restos. Al cabo de un tiempo los cacharros olían mal, y la verdad es que

Gold también olía mal. Yo soy un gato y tengo un sentido del olfato sensible. Gold olía a agrio y a soledad, igual que la boca de un erizo, y me habría gustado que se metiese en el lago. O se limpiara a lametazos. Pero ni se lamía ni se metía, ni se cortaba el pelo rasposo que le crecía en la cara.

Gold tampoco hacía otras cosas que sé que hacen los humanos. Por ejemplo: hablar con otros humanos. Por teléfono o algo. Nada. Tampoco recibía ninguna visita. ¿Acaso no tenía amigos? Gold no iba a ningún trabajo. Gold no leía ningún libro. Gold no escuchaba nada de música. Gold no lavaba ningún coche con una manguera larga. Gold no removía la tierra en el jardín. Gold no se reía. Gold no se ponía al sol cuando el tiempo era superbueno. Lo que hacía era correr todas las cortinas y vagar por la casa con un abrigo muy triste que él llamaba bata. Era como vivir con un muerto, solo que Gold no estaba muerto. Pero vivo tampoco. Casi era un zombi. Y todo el mundo estará de acuerdo conmigo en que ese no es el compañero de piso ideal.

Lo único que Gold hacía con regularidad, que al parecer le gustaba, era: ver en televisión por la noche a unos humanos gordos que lanzaban flechas a un disco redondo.

Y de pronto hizo otra cosa: salió de la casa.

—¿Adónde vas? —pregunté, completamente sorprendido.

—A ver a alguien —contestó.

Y, como es natural, yo quise saber quién era ese alguien. Lógico.

A la izquierda del Camino Grande se encuentra la montaña de basura. Gold fue a la derecha y yo detrás, trotando como un perro.

Llegados a este punto, quizá debería contar cómo iba vestido Gold: llevaba un sombrero viejo, unos pantalones sumamente cortos, que probablemente fueran unos calzoncillos, y encima la bata, los pies metidos en unas botas que él llamó *botas de goma*. En la mano sostenía la botella de agua que no era agua. Pero los dos humanos con los que nos cruzamos por el Camino Grande se limitaron a decir educadamente: «Buenos días, señor Gold», como si aquí todo el mundo fuese por ahí dando vueltas como el tonto del pueblo.

Como Gold había ido a la derecha, yo tenía una idea de adónde se dirigía, y no tardamos en llegar a una pradera cercada en la que había unas piedras magníficas. Grandes y pequeñas. Y también medianas.

Gold se sentó delante de una piedra pequeña que

estaba en un lateral, debajo de dos abedules. Yo me senté al lado.

—Aquí está —dijo Gold al cabo de un rato—. Muerta y enterrada. Hoy es el cumpleaños de Linda.

—Ya —contesté yo—. ¿Tu mujer está ahí, debajo de la piedra? ¿En la tierra?

Gold asintió.

—Debe de hacer frío. Y estar oscuro. ¿Era muy mayor tu mujer?

—No, no era mayor —repuso Gold.

—Entonces ¿por qué está muerta?

—Un accidente de coche. Linda salió a comprar por la mañana y por la noche estaba en la morgue. Y se acabó.

—Lo siento.

—Eso es lo que me dice constantemente todo el mundo: lo siento.

—¿Qué quieres que digan?

—Pues, no sé: ¿cómo era? ¿La echas de menos? ¿Qué vas a hacer ahora? Por cierto, este es Frankie, Linda.

De pronto, Gold hablaba con la piedra.

—Hola, Linda —saludé yo, y levanté una pata.

—Frankie es un gato. Y habla. O yo estoy loco. O borracho. Es posible que ambas cosas.

Gold siguió hablando con la piedra. A veces la

tocaba delicadamente con la mano, como si la piedra no fuera una piedra.

—Frankie también se mete en la cama con nosotros, Linda. Como es natural, se lo he prohibido. Sé que a ti no te gustan los gatos. Pero no es culpa mía. Como tú... no estás. Estás ahí arriba, en ese cielo de mierda, riéndote. Porque me meto en la cama con un gato. Pero Frankie da calorcito. Ronronea. Por desgracia, también se tira pedos. Y de qué manera, Dios santo, no te lo imaginas. Apuesto a que ahora te estás riendo, Linda. Echo de menos eso. Lo echo de menos todo. ¿Sabes lo que hago a veces? Voy detrás de mujeres. Me tropiezo con ellas por la calle, en el camino, en el supermercado, donde sea. Y llevan tu perfume. Eso me hace enloquecer. Porque no me puedo creer que hayas muerto. Lo sé, pero no me lo creo. Tu olor sigue flotando en el aire. Quieres cachondearte de mí, ¿no? Joder, Linda.

Gold rompió a llorar. Con ruiditos. Ningún animal suena así. Y yo habría preferido que no hubiese llorado, en serio. Le di unos golpecitos con la nariz. Le lamí la mano. No sirvió de nada.

—No te he traído ningún regalo de cumpleaños, Linda. Estoy muy enfadado contigo. ¿Por qué no... esperaste treinta segundos, aquel día? ¿Por qué no te subiste al puñetero coche treinta segundos más tarde? Joder, Linda. Mi vida. Solo treinta segundos.

Un hombre se acercó a Gold y le dijo:

—¿Podría bajar un poco la voz? Esto es un cementerio.

Gold levantó la vista, le hizo una peineta al hombre y le soltó:

—Cierra el pico, anda.

Y después nos quedamos sentados delante de la piedra una eternidad, en silencio. En un momento dado, Gold se levantó de un salto, fue hasta otra piedra y, tras mirar a su alrededor, cogió las flores que había en ella y se las puso a Linda.

—Escucha, Gold —dije yo al cabo de un rato—. ¿Te sabes el de la anguila y el águila? Una anguila se acerca a un águila y le dice: «Eh, águila...».

—¿Se puede saber qué estás haciendo, Frankie?

—Pues contarte un chiste. Para animarte.

—Has elegido un mal momento, Frankie. Un muy mal momento.

Y es que resultó ser que los humanos se toman la muerte muy en serio. Casi como si fuera algo personal. Y eso que la muerte solo es el final de la vida. Igual que también hay un principio. Como en un salchichón. Sin principio ni fin, un salchichón no sería un salchichón. Y la vida no sería la vida. ¿Entendéis?

Nosotros, los animales, sencillamente nos echamos

a dormir en cualquier sitio cuando morimos. Nos quedamos en el suelo, los gusanos nos corren por la cabeza. A veces pasa un zorro y pronuncia un panegírico.

Los humanos, en cambio, construyen un sitio para que sus muertos duerman. Muy impresionante. Los humanos también escriben montones de palabras en las piedras. Van de visita, cuentan historias a los muertos y demás. A los muertos, lógicamente, les da lo mismo. Pero lo que importa no son los muertos, sino los vivos, ¿no?

Y debo deciros otra cosa: yo nunca había hablado con una piedra. Ni con un muerto como Linda. Pero en la casa del gordo de Heinz, justo encima de la puerta, cuelga la cornamenta de un ciervo. Yo no conocí al ciervo cuando todavía era un ciervo entero y bramaba por el bosque, o lo que quiera que hagan los ciervos. Sin embargo, ahora siempre hablo un poco con él cuando paso por allí, para que no se sienta tan solo, colgado en esa casa.

Yo:

—Hola, ciervo. ¿Qué onda?

Y él:

Nada.

Y yo:

—Tienes buen aspecto. Pronto llegará la berrea. ¿Estás preparado?

Y él:

Nada.

Son conversaciones unilaterales, pero creo que, a pesar de todo, el ciervo se alegra. Aunque no lo pueda dar a entender. Y, ¿sinceramente?, cuando llegue el momento, no me gustaría estar colgado en una casa. Me resultaría demasiado aburrido. Claro que tampoco me gustaría quedarme dormido en este sitio, con una piedra pesada en la cabeza, encerrado en una caja bajo tierra, como hacen los humanos con sus muertos. Es así.

—¿Qué es lo que pone en la piedra de Linda? —pregunté a Gold mientras volvíamos a la casa abandonada. Porque me había llamado la atención que en todas las piedras había muchas cosas escritas; la de Linda era la única que casi estaba desnuda.

En ella apenas había palabras.

—Pone: «Hasta luego» —contestó Gold.

—¿Nada más?

—Es lo que me dijo Linda antes de subirse al coche para no volver.

«Hasta luego.»

8

EL SENTIDO DE LA VIDA

Cuando me desperté a la mañana siguiente estaba solo en la cama. Miré a mi alrededor, agucé el oído. En el jardín rugía una máquina. De pronto enmudeció. Oí echar pestes a Gold y la máquina volvió a rugir. Y así todo el rato: Rugido. Mudez. Pestes.

En un primer momento me quedé donde estaba, porque cuando uno está en una cama ya no quiere estar en ningún otro sitio. Como si hubiese una superfuerza que te mantiene pegado a ella. Contra la que no hay nada que hacer, precisamente porque es una superfuerza.

Al final bajé la escalera y fui a la cocina, porque quería saber a qué se debían los rugidos-mudeces-pestes. Mi nuevo inodoro no estaba limpio, lo olí en el acto. No me gustaba especialmente, pero sí me gustaba ver cómo limpiaba Gold el inodoro. Era todo un espectáculo: se ponía a cuatro patas delante de la apestosa casita y pescaba con un colador las canicas de caca de la arena. Como si mi mierda fuese un gran tesoro.

Finalmente salí al jardín y me tumbé. Gold estaba sentado al sol, sudando, y le daba golpecitos a la máquina, que ya no rugía. Era una máquina comehierba y ya había comido hierba, se veía por todas partes. Pero ahora estaba cansada o llena, porque ya no decía ni pío, y Gold soltaba pestes.

«Vamos, pedazo de mierda —exclamaba—. A ver si arrancas de una vez, pedazo de mierda. Maldito pedazo de mierda.»

Y cosas por el estilo.

En mi opinión, los insultos eran un poco aburridos. O sea, ¿repetir tres veces «pedazo de mierda»? Pobre. Entre los animales las cosas son muy distintas. Existe toda una cultura del insulto. A los osos, por ejemplo, se les da de maravilla echar pestes. Igual que a las ovejas. Una vez que empiezan, más vale taparse los oídos. Sin embargo, las maestras del insulto del mundo mundial son las urracas.

Y es que las urracas *siempre* están de mal humor y se meten con todos y con todo. Para ellas es un deporte en toda regla. A veces, cuando voy por el pueblo pensando en mis cosas, anda que te anda, si por casualidad hay dos urracas en un árbol..., en fin, estoy perdido. Perdido de verdad. Una dice desde lo alto: «Eh, gato, ¡date el piro, pedazo de engendro!». Y la otra: «Dale recuerdos a tu madre, pienso sacarle los ojos a picotazos cuando la vea». Y después sueltan una risa siniestra.

Al principio yo les devolvía los insultos, aunque eso es algo que no se debe hacer, porque lo único que se consigue con ello es picar a una urraca. Las urracas casi siempre mencionan a la madre de uno y las cosas que pretenden hacerle. «Eh, gato, mira que eres feo, pienso vaciarle la cloaca en la garganta a tu madre.» Cuando oí eso, me quedó clara una cosa: es el peor insulto que uno se puede imaginar. Me quedé hecho polvo. Así que, si alguna vez os tropezáis con una urraca y os dice algo, tenéis suerte de no entenderla.

Sin embargo, en realidad no era eso lo que pretendía contaros, porque ahora seguro que volvéis a tener una mala imagen de nosotros, los animales, y pensáis que nos pasamos el día entero echando pestes por nuestra sucia boca. Pero ¿qué os quería contar?

¡Ah, sí! Estaba yo tumbado al sol, relajado. Bostecé y me estiré, sopló una brisa procedente del lago, la brisa cesó. El aire tenía un olor dulzón, a agua, juncos, peces, tierra y hogar. Las nubes se deslizaban por el cielo. Oí saltamontes. Oí grillos que hacían cricrí. Era, sin duda, el mejor día de verano que uno pueda imaginar. Al menos para mí.

—¿Te diviertes? —le pregunté a Gold, que seguía dando golpes a la máquina comehierba.

—¿Divertirme? No mucho.

—Entonces ¿por qué lo haces?

—Porque hay que cortar el césped. Y sin un cortacésped no puedo cortar el césped.

—¿Por qué hay que cortar el césped?

—¿A ti qué te parece? La hierba llega por la cadera.

—A mí me gusta. Uno se puede esconder en ella.

—A mí no me gusta.

—Llevabas siglos sin pisar este sitio y el césped te daba absolutamente lo mismo. Y ahora, de repente, no te da lo mismo y tienes que cortarlo a toda costa y te pones a dar vueltas como un loco con la máquina aunque no te divierte. No lo entiendo.

—No me saques de quicio, Frankie.

—Solo era un comentario.

—Además, a veces uno hace cosas que no le divierten. Así es la vida.

—La mía no.

—¿Es que tú solo haces lo que te divierte?

—No. A veces también hago lo que me apetece.

—¿Es que hay alguna diferencia?

—Pues claro. Me apetece estar aquí tumbado al sol. Pero ¿me divierte?

—Vaya. Muy filosófico, Frankie.

—Eso creo yo. Es uno de mis puntos fuertes. ¿Qué es *filosófico*?

Gold dejó de dar golpes y me miró.

—La filosofía es una ciencia que intenta comprender el mundo y la existencia humana. El sentido de la vida, por ejemplo.

—¿Es que existe un «sentido de la vida»?

—Bueno. Llevamos mucho tiempo dándole vueltas a eso. Si existe o no. Y en qué podría consistir. Todo el mundo busca el sentido de su vida.

—Yo no.

—Porque eres un gato. Vives dejándote guiar por tus instintos. Nosotros estamos... más evolucionados.

—¿Tú tienes un sentido de la vida?

—Creo que ese precisamente es mi problema. Que lo he perdido.

—¿Dónde?

—¿Qué?

—¿Dónde has perdido el sentido de tu vida?

—Qué sé yo dónde. Es una forma de hablar. Aquí lo importante no es el *dónde*, sino el *cuándo*. Y, sobre todo, el *porqué*. Y, en último término, el *cómo*. ¿Cómo se recupera el sentido de la vida?

—Ahora estoy confundido.

—Lo siento.

—Creo que eso no sería para mí.

—¿Qué, Frankie?

—Pues lo del sentido de la vida ese. Primero hay que buscarlo y después poner buen cuidado en no perderlo. Y cuando uno lo pierde, como es tu caso ahora, se pasa todo el tiempo pensando dónde estará. Así que el sentido de la vida ese lo único que hace es dar problemas. En mi opinión. Y al final a uno casi no le queda tiempo para otras cosas.

—¿Qué otras cosas?

—Pues jugar, aguzar el oído, olfatear. A mí me gusta ir por el Camino Grande cuando el asfalto está calentito. O escuchar cuando una abeja mete la trompa en una flor. Y también tengo que tumbarme al sol y mirar el cielo. Como ahora.

—Eso es no hacer nada.

—Que no es que sea nada.

—Pues lo parece.

—No hacer nada también es hacer. Solo que muy poco. Y yo, además, pienso.

—Ya, y ¿se puede saber en qué?

—Precisamente en eso estaba pensando ahora.

—Y una mierda.

—Me parece a mí que los humanos necesitáis demasiadas cosas: cortacésped, inodoros, sentido de la vida y demás. Y al final os sentáis en la hierba y os ponéis a echar pestes y dar golpes a una máquina.

—No me saques de quicio, Frankie.

—Solo era una opinión.

Permanecimos un rato en silencio, hasta que Gold dijo:

—Lo que pasa es que tengo que hacer algo. Cortar el césped, lo que sea. Lo principal es estar distraído. De lo contrario, me vuelvo loco. De lo contrario, no aguanto esto.

—Entiendo.

—Bien.

—Podrías limpiarme el inodoro, si es que *tienes* que hacer algo a toda costa. Para sentirte mejor.

—No te pases, Frankie.

—Yo solo quiero ayudar. También podrías acariciarme, si lo prefieres. En la barriga o aquí, debajo de la barbilla.

Me tumbé bocarriba y le ofrecí la barriga y la barbilla, blanca como la leche y la nieve. Estaba completamente indefenso, y si en ese instante hubiese llegado por el cielo un águila hambrienta..., adiós muy buenas, Frankie. Aunque la verdad es que me apetecían mucho unas caricias. Y cuando a uno le apetece algo, ha de hacerlo. A ser posible, inmediatamente.

—¿La diversión también es un sentido de la vida? —le pregunté a Gold, que había empezado a acariciarme. Con mucha cautela, pero no lo hacía mal. Con un poco de práctica podría llegar a ser un acariciador de primera.

—En tal caso serías un hedonista. Para el hedonista, el sentido de la vida reside en la búsqueda del placer. En el disfrute.

—¡Eso es justo lo que me va a mí! Pero creía que era agnóstico.

—Lo uno no excluye lo otro. Puedes ser las dos cosas.

—¿En serio?

Y entonces lo tuve claro: la próxima vez que alguien me pregunte quién soy, diré: «Me llamo Frankie. Gato, agnóstico y hedonista».

Con las caricias de Gold me entró sueño, y di las gracias en silencio al Líder Supremo o a quienquiera que se le hubiese ocurrido algo tan inteligente: nosotros, los gatos, tenemos el pelo; los humanos tienen las manos. Y esas dos cosas son perfectas para las caricias. ¡Una idea genial, Líder Supremo!

Poco después Gold se tumbó en la hierba, a mi lado. Y se puso a mirar el cielo. Ahora casi éramos dos gatos. Uno, más pequeño y más cansado, y el otro, más grande y más triste.

—En el hospital psiquiátrico hacíamos ejercicios de relajación todos los días —contó Gold—. Y también meditación. Todas esas historias. Nos tumbábamos bocarriba, como ahora, y nos ponían música para relajarnos. No la soportaba.

—¿«Hospital»? ¿Eso qué es?

—Un lugar para quienes tienen... problemas graves.

—Ya. Entiendo.

Y lo entendía. Y es que está más claro que el agua que los humanos tienen problemas. Por ejemplo: tienen cuatro patas, pero solo andan con dos. Eso es un problema.

—Y en el hospital ese *¿practicabais* la relajación?

—Sí. No hacer nada. No pensar. Eso practicábamos.

Y entonces supe que Gold mentía. O bromeaba. Porque los humanos construyen televisores y casas enormes y realizan otras proezas, llevan gafas y pantalones y vuelan en aviones, saben lo que es un hedonista y otras cosas complicadas que no sabe nadie más. Y luego, ¿tan bobos son para no saber no hacer nada?

Menuda bobada.

Sin embargo, no dije nada, porque no quería quedar como el tonto de Frankie, que no pilla la broma.

Además, en ese momento oí algo. Y lo que pasaba era más importante que todo lo que había pasado hasta entonces, aunque, desde luego, eso también era importante. Y es que alguien iba por el Camino Grande, muy pegado a la cerca, donde la hierba era alta. Hacía un ruido casi imperceptible, pero mis oídos oyen incluso a un topo cuando se peina debajo de la tierra o se tira un pedete.

Fui sigilosamente hacia la cerca.

Agucé el oído.

Asomé la cabeza.

Agucé el oído.

Y cuando asomé la cabeza de nuevo vi a una gata, a la mayor preciosidad que os podáis imaginar, y así fue como empezó el suplicio. Bueno, en realidad el suplicio empezó antes.

Junto al lago, cerca del gordo de Heinz, allí donde el Camino Grande se tuerce, hay una casa roja oscura y allí vive ella. No hace mucho, cuando llegó la primavera, de pronto estaba sentada en la ventana, toda negra. Me refiero al pelo. Y tiene las patas blancas y una manchita en el lomo que también es blanca, como si fuese una gota de leche.

En cualquier caso, esa fue la primera vez que la vi. Y después más veces. A menudo me acercaba por la tarde, me agazapaba junto al tronco del viejo tilo o me escondía debajo de una hortensia. Y cuando ella estaba sentada en la ventana, el corazón se me alegraba, y cuando en la ventana no había nadie, era el peor de los suplicios. Pero os puedo contar muchas cosas más: la preciosa curva que dibuja su cola, lo mona que está cuando mueve las orejas con indolencia, etcétera. La triste verdad es, y ahora iré al grano: que no la conozco. No sé absolutamente nada de ella. Nada de nada. Ni siquiera sé cómo se llama.

Por eso le he puesto nombre. Para que estemos un poco más cerca y siempre pueda pronunciar su nombre cuando hablo con ella mientras sueño despierto.

Primero se llamó: Mi número 1.

Después: Mi número 1 por siempre jamás.

Después: Mi uno. Y también mi todo.

Después: Reina negra de la ventana por la gracia del Líder Supremo.

Después: Kitty Colainquieta.

Pero todos esos nombres eran superpatéticos y bochornosos. O sea, ¿Kitty Colainquieta? Así que estuve pensando una eternidad para averiguar cuál podía ser el nombre más bonito de todos y, además, absolutamente único. Y acabé dando con uno. Cuando sueño, ella y yo hablamos mucho.

Ella:

—Eh, Frankie. He oído hablar mucho de ti.

Y yo:

—Espero que solo hayas oído cosas buenas.

Y ella:

—Uy, sí, Frankie, muy buenas. Aquí eres un héroe considerable.

Y yo (con falsa modestia):

—Héroe, qué va. Soy como soy. ¿Te apetece ir a dar un paseo al lago?

Y ella:

—Vaya, por fin me lo preguntas.

Y yo:

—...

Y ella:

—Esto... ¿Frankie?

Y yo:

—...

Un vacío absoluto. Un apagón de cerebro absoluto. Estaba tan entusiasmado que no pude decir una sola palabra más ni siquiera en el sueño. Y, dicho esto, probablemente todo el mundo entienda que tampoco fui capaz de decir palabra en ese momento, cuando la vi pasar por el Camino Grande como una sombra. Y eso que tenía muchas ganas de hacerlo.

Me subí de un salto a un viejo poste de piedra de la cerca y me quedé un buen rato mirándola. Junto con Gold, que ahora estaba a mi lado, y me preguntó:

—¿Quién es? ¿Tu novia, Frankie?

Yo respiré hondo, con el corazón latiéndome

como un loco, y finalmente dije a Gold lo que nunca le había dicho a nadie:

—Es... Pushnelka Ronrolenko.

Y podéis creerme o no, pero, como es natural, nunca me había planteado que pudiera ser mi novia. O sea, no solo en sueños, sino en la vida real. Porque Pushnelka Ronrolenko sencillamente no es de este mundo. O de ningún otro mundo. Y yo soy solo el gato que vive en lo alto de la montaña de basura.

9

EL PEOR SENTIMIENTO DEL MUNDO

De algún lugar llegaron nubarrones. De los nubarrones cayó lluvia, grandes gotas me dieron en la cabeza, corrimos a resguardarnos en la casa y le pregunté a Gold si le apetecía que viésemos una película. Una de animales y aventuras y nada de sentimientos, por favor. Todos dicen constantemente: el amor, el amor. El sentimiento más bonito del mundo. Pero yo creo que es el peor sentimiento del mundo. Sobre todo cuando uno está a solas con su amor y se siente el cobardica más grande que hay bajo el sol, la luna y las estrellas.

En la tele no había nada con animales. Solo muchas cosas con humanos que cocinaban o estaban sentados en una silla y se devanaban los sesos con preguntas: «¿Cuál es la capital de Mauritania? ¿Quién fue el primer ser humano que viajó al espacio? ¿Cuál es la cuarta montaña más alta del mundo?».

—Es un *concurso* —aclaró Gold.

—Un concurso, ya —repuse.

Porque claro que sabía lo que es un concurso. La anciana señora Berkowitz siempre estaba viendo concursos. Lo que yo no entendía era por qué a los humanos les interesan esas cosas. O sea, la cuarta montaña más alta del mundo, ¿y? Seguro que también existen la quinta montaña más alta y la sexta montaña más alta, pero ¿qué importancia tiene eso? Porque a la montaña le da lo mismo lo alta que es. Y a todas las demás también les da lo mismo. Solo los humanos lo cuentan todo como locos: montañas, ríos, todo. Qué alto es, qué largo, qué grueso.

Pero, claro, luego en el concurso nadie pregunta si los humanos tienen la cabeza tan grande solo para reunir en ella la cuarta montaña más alta y demás cosas inútiles. Casi es como tener un estercolero sobre el cuello.

—Tío, necesitas sí o sí el cable de nuevo —dije a Gold.

Seguimos viendo el concurso un rato —«¿Cuál es el segundo planeta de nuestro sistema solar? ¿Qué es un oxímoron?»—, y entonces Gold se levantó y oí que trasteaba arriba. Después volvió con un aparato lleno de polvo y dijo:

—Mi viejo vídeo. Y mira. —Sostuvo en alto una

cosa negra—: Un vídeo de animales. Es todo lo que he podido encontrar.

Gold sopló para quitarle el polvo al aparato y después se quedó donde estaba, muy raro, sin quitar la vista de la cosa negra.

—Es que... a Linda..., en fin..., le encantaba esta película. Joder. Pero bueno, ¿tú has visto *La dama y el vagabundo*?

No la había visto, aunque Gold dijo que era «un clásico, sin lugar a dudas», y por eso no me explayaré ahora. Solo diré que va de dos perros que se enamoran. Y básicamente eso era lo último que necesitaba yo. Pero, como es natural, no me di cuenta hasta pasado un rato, y para entonces ya estaba lanzando suspiros en el sofá, con la cabeza apoyada en las patas. No pude evitar pensar todo el tiempo en Pushnelka Ronrolenko, en que estábamos tumbados juntos, nos limpiábamos a lametazos mutuamente y nos dábamos toquecitos con la nariz. En la película, cómo no, las cosas eran exactamente así. En una película todo es más fácil, y todo el mundo es valiente, y el vagabundo, que se llama Golfo, consigue a la dama, que se llama Reina. Y aunque el nombre no puede ser más absurdo, ahora me encantaría ser como el vagabundo. Y más todavía me gustaría vivir en una película así. Me refiero a vivir *de verdad* en ella. Como Frankie, el héroe. Y al final suenan violines y todos los días hay un Happy End y viven felices y comen perdices.

Pero creo que no es posible vivir en una película. De lo contrario, ya habría probado a hacerlo.

—Habla con ella, sin más —aconsejó Gold.

—Claro. Hablar sin más. Con Pushnelka Ronrolenko.

—En serio, tienes que hacer algo. Si no haces nada, será peor.

—Nop.

—Si quieres, podemos ir juntos y tú hablas con ella.

—Nop.

Si aparecía ante Pushnelka Ronrolenko con Gold y su triste bata, ya podía ir olvidándome de todo.

—¿Qué pasa, Frankie? —quiso saber—. Pensaba que los gatos no eran tan pusilánimes en el amor.

—*¿Pusilánimes?*

—Bueno, si a uno le gusta algo, lo coge. Sin contemplaciones. ¿Es que no funcionan las cosas así entre los gatos? ¿En el reino animal?

—No, si uno tiene estilo.

—Y ¿tú tienes estilo?

—Exacto. Además, muchos animales se lo montan de manera muy distinta de como tú piensas. ¿Conoces a los castores? Están juntos toda su vida. Y los cisnes también. Son muy fieles. Aunque sean tipos afectados. O los pingüinos de pico grueso. Siempre caminan juntos o están delante del agujero en el hielo, con el pico grueso congelado, pero lo saben perfectamente: ¡Zas! Eso es amor. O el cigüeño. El cigüeño vive mucho en África. Porque tiene cosas que hacer. Negocios y demás. Pero cada primavera vuelve a su nido con su cigüeña. O los vencejos, que hasta hacen el amor en el aire. ¡Volando en picado! Es algo peligrosísimo. Pero así son los vencejos. Unos tipos completamente locos.

—Y ¿tú cómo sabes todas estas cosas? —quiso saber Gold.

—Por la tele. National Geographic.

—Vale. Pues entonces vete a ver a la tal Pushnelka, llévale unas flores, eso tiene estilo, y...

—¿Por qué flores?

—A las mujeres les encantan las flores.

—Puede que a las humanas les gusten, pero ¿qué quieres que haga una gata con unas flores? ¿Comérselas? ¿Ponerlas en un jarrón gatuno?

—Bien. No he dicho nada. Nada de flores. Aunque seguro que tenéis algún ritual de cortejo clásico.

—Le retorcemos el pescuezo a un ratón y lo dejamos a la puerta de la gata. De regalo. Eso es clásico. O le retorcemos el pescuezo a un pájaro. O le retorcemos el pescuezo a una rata...

—Entendido. Retorcer el pescuezo. Muy romántico.

—Mejor que llevar flores.

—Venga, pues ponte en marcha y ve a retorcerle el pescuezo a un ratón.

—No sirve.

—¿Porque te da pena el ratón? Muy considerado por tu parte, Frankie.

—Porque eso lo hacen *todos*. Todos los gatos se pasan por su casa. ¿Sabes qué hay delante de la puerta de Pushnelka Ronrolenko? Un montón de ratones. Y al lado otro de pájaros. Y entonces voy yo y le dejo otro ratón, ¿no?

—Entiendo. Necesitas un auténtico bombazo.

—Eso mismo digo yo. Pero ¿qué bombazo? Además, estoy cagado de miedo. Como no lo he estado en toda mi vida.

Después nos quedamos sentados un rato, ninguno decía nada y a ninguno se le ocurría ningún bombazo. Gold volvió a poner el volumen en el televisor. Golfo decía: «Hola, bombón». Y Reina le hacía ojitos y a punto estaba de morir de amor. El puñetero Golfo. Tiene el culo lleno de flores.

—Tengo que ir a la televisión —decidí.

—¿Qué?

Gold volvió a poner en silencio el televisor.

—Lo digo en serio. Cuando uno es famoso, una estrella del cine como ese perro, todo es muy fácil. Y uno dice, no sé, «caquitas de conejo» tres veces y todos se enamoran de ti.

—No sé, Frankie.

—Tú mira a Golfo.

—Es una película de dibujos animados. Golfo no existe de verdad.

—Ya sé que no existe de verdad, pero ¿qué me dices del Gato con Botas...?

—También es una película de dibujos animados. Y un cuento.

—¿Que el Gato con Botas no existe?

—No.

—¿Completamente seguro?

—Totalmente seguro.

—Y ¿qué hay de Flipper? ¿Lassie? ¿Furia? ¿Es que tampoco existen?

—Sí, esos son animales de verdad. O lo eran, no sé si seguirán vivos.

—¡Ahí tienes! Y ahora imagina a Flipper nadando en su bahía. O dondequiera que viva. Todo el mundo lo conoce por la televisión. Y las mujeres delfín, las delfinas, van nadando detrás de él como unas locas y quieren tocarle las aletas y lanzan ruiditos de amor enloquecidas. Te apuesto lo que quieras. Es así.

—Pero no es fácil llegar a ser tan famoso. O ser una estrella de cine. Se tarda años. Es difícil.

—El amor también es difícil.

—Probablemente tuvieras que irte a Hollywood.

—¿Dónde está eso?

—En América.

—No me dice nada. ¿Cerca de la tienda para mascotas?

—Un poco más lejos. Tienes que ir en avión o cruzar el mar en barco.

—¿Seguro? Puede que te refieras a otro Hollywood y el mío esté a la vuelta de la esquina. Cerca de la tienda para mascotas.

—Frankie, me sacas de quicio. Solo hay un Hollywood. En América.

—Bueno. Lo que tú digas. Aunque por ahora Hollywood es el mejor plan. Imagínate que voy por el pueblo. Como si nada. Y todos, también Pushnelka Ronrolenko, dicen: «Mira, ahí viene Frankie. Nuestra estrella de cine. Ha vuelto de Hollywood».

Gold me miró, pero con mala cara.

—Nuestra estrella de cine, ¿sí? Por favor. Tú mírate: solo eres un gato de pueblo normal y corriente. Igual que yo solo soy un borracho depresivo. Seamos un poco realistas, Frankie. No te atreves a hablarle a una gata de pueblo, pero piensas: «Venga, pues me hago estrella de cine en Hollywood dentro de cuatro días y listo». ¿De verdad eres tan tonto o solo te lo haces?

Y después Gold no dijo nada más y puso el volumen a la tele y yo tampoco dije nada y me fui a mirar por la ventana, ofendido. Jo, Gold nunca me había hablado así. Además, lo de «ser realista» no me hacía nada de gracia. O sea, la vida y el amor ya son bastante duros. Y a uno se le ocurre un buen plan y concibe un poco de esperanza y vienen los humanos con su realismo y se lo cargan todo. Creo que el mundo sería mejor sin tanto realismo.

Es así.

—¿Y ahora qué hago? —pregunté después de una eternidad.

—No puedo ayudarte —afirmó Gold.

—Pero tú tuviste una mujer. ¿Cómo lo hiciste? Seguro que algún truco conoces.

—En el amor no hay ningún truco —aseguró Gold.

Fue decepcionante. Con frecuencia, Gold no era nada útil. Todo humano debería tener al menos un supertruco de amor, ¿no?

Hacer migas no se me da especialmente bien. No solo en lo que se refiere al amor. Sino a la gente en general. Y por eso a veces me gustaría ser un abejorro. Porque los abejorros no tienen ningún complejo. Hablan con todo el mundo, aunque con tanto zumbido se los entienda mal. El abejuno es una lengua que consta únicamente de zumbidos. Absolutamente ininteligible. Aunque a los abejorros eso les da lo mismo. Te ponen la cabeza como un bombo de zumbidos y todo lo que zumban les parece superemocionante y supergracioso. Aunque son poco más grandes que la nariz de un hámster, tienen la seguridad de un elefante. Así son los abejorros.

—Escribí a Linda —dijo Gold de pronto.

—¿Qué? No entiendo.

—Pues escucha. A mí me pasaba lo mismo que a ti. Al principio era incapaz de dirigirle la palabra. Linda me parecía... inalcanzable. Así que le escribí una carta. Con dos pequeños poemas.

—Y ¿le gustaron, los poemas?

—No, no le gustaron.

—Eso pensaba.

—Linda dijo que nunca había leído nada tan pomposo.

—Tío, qué patético.

—Pues sí, el amor es patético. Uno piensa cosas patéticas, dice cosas patéticas y hace cosas patéticas.

—Ya, y después, ¿qué?

—Unos días después, Linda escribió diciendo que le gustaría conocer al hombre que tenía el valor de enviarle algo tan pomposo. Solo por curiosidad.

—¿Eso escribió? ¿Le envías la cosa esa rara y pomposa y ella dice: «Vale, quedemos»?

—Sí. Tuve esa suerte.

—Pues no lo entiendo.

—Al principio, en el amor lo importante es atreverse. A hacer algo. De alguna manera. Tienes que llamar la atención, Frankie.

—¿A qué te refieres con «llamar la atención»? ¿A escribir poemas patéticos?

—Si fueras un ser humano, te diría: pues sí, prueba con un poema.

—Muy gracioso —respondí, y levanté una pata.

Pero en el fondo no era nada gracioso. Porque me sé un poema. Incluso lo he poetizado yo mismo. Sin patas y sin papel. Lo tengo en la cabeza. Y antes de que alguien me vuelva a decir: «Sé realista, Frankie», os contaré ahora mismo por qué es superrealista.

Cuando yo aún vivía con la anciana señora Berkowitz, la radio siempre estaba encendida. Incluso por la noche, muy bajita, mientras la anciana señora Berkowitz dormía y yo miraba la oscuridad. A menudo ponían música, pero también hablaban mucho los humanos. Un auténtico rollo. Sin embargo, a veces no era tan rollo. Leían cosas de libros. Y también poemas. Que yo no entendía mucho. Por las palabras raras que usaban. «Raudo», «Alentaba un soplo», «Dícesme, amada», «Con voz rítmica lo increpa», y cosas por el estilo. Pero las palabras raras de los poemas también eran bonitas. Como música. Música con palabras. ¿Eso existe?

Como iba diciendo: así fue como llegué a escuchar poemas. Y cuando me enamoré de Pushnelka Ronrolenko, pasaba las noches solo en la montaña de basura, debajo de la bañera, con el corazón roto, y se me ocurrió poetizarle un poema. «Raudo.» Con la luna como único testigo. «Alentaba un soplo.»

Juro que fue así.

—Gold, escucha esto —pedí, y me incorporé.

—¿Qué?

—La verdad es que he poetizado un poema. Sobre el amor.

—¿Tú?

—Sí, yo. El gato de pueblo. Y nunca se lo he contado a nadie.

—Joder, Frankie. Y ¿qué más? ¿También has escrito un libro? ¿Una obra de teatro?

—No. Un poema. Sabes lo que es un poema, ¿no?

—Pues claro que lo sé. Pero tú..., da lo mismo. Dispara.

—¡Y no te rías! Si te ríes...

—No me reiré. Prometido.

—Ni hagas ninguna mueca ni nada.

—Entendido. Cara de póquer.

—Es mi primer poema. Así que, bueno..., allá voy.

Respiré hondo y cerré los ojos.

Para P. R.

Te amo.
Y cada vez
que el anhelo me pesa en la mochila,
cuanto más gorda la anguila
mejor sabrá que, si es flaco el animal,
lo que más me gusta es el emmental.
Te amo.
¿Qué me espera?
La gallina para el caldo se enfría en la nevera.
En el asfalto hay un erizo pegado
y he pensado
que mayor me hago.
Te amo.
¿También me amas tú a mí?
Tengo pelo en la barriga para ti.
En cantidad considerable.
Tú eres bella,
yo, feo, lo más probable.

Gold se rascaba el cuello. Después me miró, sacudiendo la cabeza. A veces daba la impresión de que quería decir algo, pero después se limitaba a rascarse más el cuello, como un mono grande. Y me puso supernervioso.

—Vaya, vaya —dijo al cabo—. Conque también sabes hacer rimas. Y ahora, ¿a qué esperas? —preguntó.

—¿Qué quieres decir con eso?

—Escúchame bien, Frankie. Yo no sé gran cosa del amor, pero si estás enamorado y no haces nada, te arrepentirás. Así que mueve ese culo peludo y ve a verla.

—Nop. ¿Lo dices en serio?

—Maldita sea, sí. Y si a esa gata no le gusta tu poema es que no tiene corazón.

—El poema es bueno, ¿eh? ¿Soy un poetizador de poemas?

—Sí, Frankie, sí.

Y creo que Gold lo decía de verdad. O al menos eso esperaba yo, porque ver, lo que se dice ver, nunca había visto a alguien lanzarse con un poema y —¡zas!— conquistar un corazón. Ni siquiera me lo podía imaginar. Pero como no se me ocurría ningún bombazo, no me quedaba otra.

10

¿TE APETECEN UNOS FRUTOS SECOS?

Tardé una eternidad. Iba zigzagueando, olisqueando sin ton ni son, unas cuantas veces estuve a punto de perder el valor y quise dar media vuelta. Cuando por fin me vi delante de la casa roja oscura, en la ventana no había nadie, y me sentí aliviado. Pero aquello no duró mucho tiempo. Después sentí un gran anhelo en el corazón y de repente estaba completamente desesperado. ¿Es normal? ¿Es eso amor? ¿Cuando uno siente cosas distintas todo el tiempo?

Me agazapé junto al tronco del viejo tilo y mi tristeza fue en aumento. Estaba tan absorto en mis sombríos pensamientos que no me percaté de que alguien hacía crujir la copa del árbol y bajaba hacia mí como un rayo por el tronco del tilo. Me pegué un susto de muerte cuando ese alguien bramó:

—¡Frankie! ¡Eh! ¡Soy yo!

Suspendida justo encima de mí, una cara pequeña y marrón con orejotas me miraba con los ojos muy abiertos. Cabeza abajo.

—Joder, ardilla musculosa, casi me matas del susto.

La ardilla se bajó del árbol y exclamó exaltada:

—Frankie, tío.

Y yo:

—Ardilla musculosa, tía.

Y ella:

—Tío, me alegro de verte.

Y yo:

—Sí, tía. Yo también.

Me tocó la frente con la suya, cruzamos las colas. De nuevo frente con frente. Nariz con nariz. Y vuelta a empezar.

Bueno, así estuvimos un buen rato. Me alegró de verdad ver a la ardilla musculosa. Debo deciros que no tengo muchos amigos. En realidad solo tengo dos. Y uno es la ardilla musculosa.

Lo sé: a vosotros, los humanos, os gusta tener muchos amigos. He visto películas con grandes fiestas en las que un humano invitaba a mogollón de humanos que al parecer eran amigos suyos. Todos ellos. Pero yo no me lo creo. Creo que solo iban por la comida. Porque los amigos de verdad son sumamente raros y a veces uno no encuentra a ninguno y entonces está solo en el mundo. Eso sí que me da miedo: estar solo en el mundo. Y entonces uno se pasa el día entero hablando consigo mismo, se lame el pelo y el culo y no hay nada más. Solo lamerse el culo y estar solo. Por eso tengo suerte de tener a mis dos amigos, aunque a veces pienso que tres sería aún mejor. Por si uno muere.

Durante un tiempo también fui amigo de un carnero. Atila, rey de los hunos. O al menos yo quería ser su amigo. Al principio. Pero con los animales gregarios es muy difícil.

Me plantaba en los pastos y decía:

—Eh, Atila, tío, rey de los hunos. ¿Cómo te va? ¿Todo bien?

Atila me miraba y decía:

—Tengo que preguntar al rebaño.

O yo:

—Eh, Atila, ¿te vienes al lago?

Atila:

—Tengo que preguntar al rebaño.

O yo:

—Eh, Atila, cuando quieres hacer caca, ¿también tienes que preguntar antes...?

Atila:

—Tengo que preguntar al rebaño.

Y por eso lo de la amistad quedó en nada. Aunque hay días en los que me gustaría tener un rebaño como el suyo, que cuide de mí y piense por mí. Porque tanto pensar siempre uno y decidir siempre uno a veces es agotador.

—Frankie, viejo amigo, ¿se puede saber qué haces aquí? —preguntó la ardilla musculosa mientras se sentaba a mi lado a la sombra del viejo tilo.

—¿Yo? Nada. Pensar.

—¿Te apetecen unos frutos secos? Vienen bien para pensar.

—Gracias, no hace falta.

—Creo que te iría bien comer unos frutos secos. Pero dime, ¿en qué estás pensando?

—En cosas.

—¿En michas?

—¡No! ¿Por qué iba a estar pensando en michas?

No quería hablar de Pushnelka Ronrolenko. Era mi secreto. Porque no hay nada más tonto que un gato con mal de amores.

—Estás deprimido.

—Estoy completamente normal.

—Estás como si te hubiera cagado una urraca en la cabeza, si quieres que te diga lo que pienso.

—Pero no quiero que me lo digas.

—Tío, estás de un humor de perros. ¿Te apetecen unos frutos secos? Por cierto, ¿dónde te has metido todo este tiempo? El profesor y yo estábamos preocupados.

Lo cierto es que no había pensado en eso, en que ciertamente hacía un montón que no veía a mis amigos. Y en que no sabían nada de mi nueva vida, que había empezado el día que vi a Gold jugando con el hilo.

—Lo siento —me disculpé—. Pero te lo cuento todo ahora mismo. ¡Vas a alucinar! ¿Avisas al profesor?

—Claro, Frankie —dijo la ardilla musculosa, y subió a toda velocidad por el viejo tilo y se desplazó por las copas de los árboles. Yo miré un instante la casa roja oscura, en cuya ventana seguía sin haber nadie, y poco después la ardilla musculosa volvió, bajó rápidamente por el tronco y dijo—: Ya viene.

Ni siquiera jadeaba.

Y por eso precisamente es la ardilla musculosa. No tiene otro nombre, por si os lo estabais preguntando. Aunque en el pueblo siempre haya circulado el rumor de que la ardilla musculosa en realidad se llama Uwe o Bernd o tiene otro nombre igual de estúpido. Pero, como os digo, solo es un rumor. La ardilla musculosa está en muy buena forma de tanto subir y bajar por los árboles. Y se siente orgullosa de los músculos que tiene. «Me gusta que se me conozca por mi cuerpo, Frankie.»

Y por eso se llama como se llama.

Después vimos que venía el profesor. Se lo reconocía desde lejos, avanzaba cojeando por el Camino Grande. Es muy mayor y tiene las patas extremadamente cortas, como salchichillas, porque es un perro salchicha, y el Líder Supremo (o quien sea) decidió darles a todos los perros salchicha salchichillas por patas. Desconozco el motivo. Creo que es posible que ni siquiera el propio Líder Supremo (o quien sea) lo sepa, porque las patas son tan distintas en los animales —jirafas, pájaros carpintero, abejorros, camellos, tortugas, turones, murciélagos, etcétera— que no creo que el Líder Supremo (o quien sea) pudiera diferenciarlas todas y fuese justo al decidir qué piernas tocaban a qué animales. En su día, cuando se hizo a los animales.

Sin embargo, las patas del profesor no son solo extremadamente cortas, sino también pocas. Le falta una. La izquierda de delante. Y por eso es un perro salchicha muy viejo, con tres patas, y ahora quizá os podáis imaginar cómo avanzaba por el Camino Grande, no a una velocidad de vértigo, vamos.

Hay algo que no quiero pasar por alto: los salchicha son perros y, por lo tanto, animales de correa. Y ya sabéis lo que pienso de los animales de correa. ¡Soy un gato con principios férreos! Pero también hay que ser flexible. De lo contrario, los principios no son divertidos y la vida se complica una barbaridad con los principios.

Además, nunca he visto al profesor con una correa. Vive con el señor Adam, que también es muy mayor y camina todo encorvado, y cuando los dos van por el pueblo es como una carrera de caracoles. Y por eso una correa sería una chorrada.

—Buenas tardes, señora y caballero —saludó el profesor cuando por fin se unió a nosotros, hizo un gesto afirmativo con su cabeza cana, muy distinguido, pues ese es su estilo—. Ardilla musculosa. —Nuevo gesto afirmativo—. Frankie, muchacho. —Nuevo gesto afirmativo.

Después se tumbó bajo el viejo tilo, gemebundo, cerró los ojos y al cabo de un rato, cuando yo ya pensaba que se había quedado dormido, el profesor dijo con voz bronca, poco más que un susurro:

—Y bien, Frankie, muchacho, ¿cómo te va? Adelante, habla. Este viejo es todo oídos.

De manera que se lo conté todo: les hablé de Gold, de la casa abandonada en la que vivo ahora, de la mujer con la maleta, la tienda para mascotas, la mariposa limonera, la cotorra loca, Hollywood y que, de pronto, era agnóstico y hedonista.

Aquí y allá adorné un poco la cosa y, cuando terminé de contar mi historia, tenía claro que mis amigos me darían la enhorabuena por mi nueva vida. O dirían algo como: «Vaya, Frankie. Has llegado lejos. Lo estás haciendo genial. Estamos superorgullosos de ti».

Sin embargo, ninguno dijo nada. La ardilla musculosa me miró con los ojos muy abiertos. El profesor profirió un leve gemido.

Y yo:

—Amigos, ¿qué pasa?

—¿Vives con un humano? —preguntó la ardilla musculosa. Y pronunció la palabra *humano* como si fuese una enfermedad mala—. Jamás lo habría pensado de ti, Frankie. Pero si eras un animal libre.

—Y lo sigo siendo.

—No, si vives con un humano.

—Bobadas —repliqué—. Ser un animal libre es una cuestión de actitud.

—No, Frankie. El que vive con un humano se vuelve dependiente. Pierdes toda tu auto... auto..., bueno, ya sabes. Tu lo que sea. Tu auto...

—Lo que quiere decir es tu autonomía —la ayudó el profesor.

—Eso —dijo la ardilla musculosa.

—¿Es que te has vuelto loca? —exclamé.

—Solo te diré dos palabras, Frankie: es una auténtica vergüenza.

—Esas son cuatro.

—¿Ah, sí? Pues aquí tienes cinco: traidor.

—Esa es una. Y deja de decirme antes cuántas palabras van a ser.

La ardilla musculosa se rascó la cabeza.

—Pero ¿de verdad quieres ponerte gordo, Frankie?

—¿Qué?

—Te dan comida todos los días. Servida en un platito. ¿Me equivoco? Muy pronto tu instinto se atrofiará, amigo mío. Te volverás perezoso. Hasta la cabeza se te volverá perezosa. Mírame a mí, Frankie: este cuerpo musculoso, este espíritu ágil. Esto desaparece en cuanto uno vive con un humano.

—No tengas miedo, no me pondré gordo.

—Yo diría que ya has engordado un poco.

—No es verdad.

—Y esto de aquí, ¿qué es? ¿Eh? —husmeó la ardilla musculosa mientras me daba en la barriga.

—¡Deja de darme!

—Michelines. Todavía son pequeños y monos.

—Deja de tocarme las pelotas.

—Jamás le tocaría las pelotas a un gato gordo.

—Me da lo mismo.

—Y dime, ¿dónde tienes el collar, Frankie?

—No tengo collar.

—Apuesto a que tienes uno. ¿Con cascabeles? ¡Aquí viene nuestro Frankie! Ahora vive con un humano, obedece sin chistar y suena como una oveja, el pobre. Tilín, tilín.

—Te lo advierto, ardilla musculosa.

—¡Dejad de discutir, idiotas!

Eso lo dijo el profesor. Apenas había abierto los ojos, estaba tumbado tan tranquilo, solo se oía su susurro bronco. Pero es un susurro de lo más severo, como el de un presidente o un capo mafioso en la tele. No sé cómo lo hace. Es su secreto. En cualquier caso, dejamos de discutir en el acto.

—¡Pedíos perdón! ¡Ahora!

Nos dimos las patas, nariz con nariz, cabeza con cabeza.

—Tío, lo siento, Frankie. Pero es que me preocupa mucho. Tú con un humano. ¿Te apetecen unos frutos secos?

—Gracias. Quizá más tarde.

—Los tengo muy buenos: avellanas, nueces, bellotas, piñones. También tengo maíz... ¿Te apetecen unos frutos secos?

Una vez, al principio del todo de nuestra amistad, repuse que sí. Porque: quería ser majo. Y es que, lógicamente, a mí los frutos secos me importan un pepino. Era invierno y estuvimos una eternidad buscando frutos secos. La ardilla musculosa decía: «¡Es aquí!». Aunque nunca había nada. En otoño entierra frutos secos por todas partes como una posesa. «Hay que ser previsor, Frankie. ¡Siempre previsor!» Pero después olvida dónde ha enterrado los frutos secos. Porque hay demasiados escondrijos. En ese sentido no se organiza bien. Me refiero al tema de la logística. Al final nos quedamos agazapados en la nieve, congelados, y la ardilla musculosa estaba de los nervios. «¡Es aquí, Frankie! ¿O no? Ya no lo sé. ¿Es aquí?»

Es preciso que sepáis que la ardilla musculosa es un animal previsor y se preocupa un montón por el «mañana». Forma parte de su naturaleza. No hay nada que hacer. Y algunos humanos son como ella. La anciana señora Berkowitz siempre estaba llevando patatas al sótano y después decía, satisfecha: «Uno tiene lo que tiene». Pero ya sabéis lo que pasó: la anciana señora Berkowitz se cayó y desapareció en el coche blanco. No sé lo que habrá sido de sus patatas. En cualquier caso, a mí tanta previsión no me parece buena idea. Puede que mañana me pille un lobo... y se acabó lo que se daba. Y seguro que entonces pienso: «Pues mira, en lugar de enterrar puñeteros frutos secos o patatas o lo que sea, más te valdría haberte divertido un poco más en la vida». Yo al menos es lo que pensaría si fuese un muerto previsor.

El profesor se tumbó de lado, gemebundo, y comentó lo mucho que le preocupaba el tiempo y que antes los veranos eran más frescos y llovía más y que, en general, antes muchas cosas eran mejores. Después levantó un momento los párpados y me miró. Vi sus ojos de perro salchicha oscuros, llorosos. El profesor es como un padre para mí. O más bien como un abuelo.

—Frankie, escúchame, muchacho. ¿Me escuchas?

—Pues claro, profesor.

—Es preciso que sepas esto: los humanos son impredecibles y caprichosos. Mi primer humano casi me mató a golpes con una pala. Perdí la pata. Mi segundo humano, el señor Adam, me adoptó: un perro salchicha inútil, con tres patas, que ya no se mete en ninguna tejonera. Me coge en brazos cuando hay que subir la escalera e incluso me canta una canción el día de mi cumpleaños. Canta fatal, menos mal que estoy medio sordo. Pero es el mejor humano del mundo y mordería a cualquiera que se le acercara demasiado. Si aún tuviese todos los dientes. Es importante elegir al humano adecuado, Frankie. ¿Gold es el humano adecuado para ti? —El profesor se acercó y me enseñó el muñón. Me lo puso justo delante de la nariz—. Mira esto, Frankie. Mira bien mi muñón.

Miré un instante. Y aunque quiero al profesor, a veces me da escalofríos que solo tenga tres patas. Una vez soñé que la cuarta pata iba por el bosque buscando al profesor y yo intentaba explicarle a la pata dónde vivía el profesor, aunque la pata no me entendía. Porque no tiene orejas. Y después se enfadó de lo lindo, intentó darme patadas y yo eché a correr por el bosque, perseguido por la pata del profesor.

—Míralo bien —exclamó el profesor mientras movía el muñón.

—Estoy mirando.

—¿Qué ves?

—¿Un muñón?

—La *verdad*, Frankie. Este muñón me recuerda que siempre hay que estar en guardia. El humano es el peor animal. Mira mi muñón.

Lo del muñón empezaba a resultarme inquietante, y después de que tuviera que asegurarle unas cinco veces que siempre estaría en guardia, el profesor por fin retiró el muñón y dijo:

—Conozco a tu humano.

—¿A Gold?

—Sí. Richard Gold, el escritor. Pobre infeliz.

—Su mujer murió.

—Lo sé, Frankie.

—¡Y una mierda!

Se me escapó. El profesor levantó la pata para apaciguarme.

—Apareció en el periódico, Frankie. Un accidente de coche. Abajo, donde termina el pueblo, donde el Camino Grande lleva a la carretera. Allí es donde pasó. Sabes que leo el periódico, ¿no? Y también libros.

La ardilla musculosa revolvió los ojos, crispada.

Y yo dije:

—Sí, profesor, ya lo sé.

Como tantas otras veces.

El profesor es muy inteligente, es el animal más inteligente que conozco, puede que por los periódicos que lee o por esos libros, pero lo que no me parece muy inteligente es que siempre tenga que recalcar que es muy inteligente e incluso sabe leer.

—Los dos murieron en el accidente. La mujer y el niño —añadió el profesor, y lanzó un aullido.

—¿Qué niño? —quise saber yo.

—La mujer estaba preñada.

El viento soplaba entre el viejo tilo, estábamos tumbados en el crepúsculo, tumbados tranquilamente y dormitando, porque eso es algo que se puede hacer bien con los amigos: no hacer nada. No muy lejos oía jadear al gordo de Heinz, que iba tras su palito. Al cabo, la última luz desapareció sobre el lago y nos despedimos. La ardilla musculosa se alejó corriendo por las ramas y yo enfilé el Camino Grande con el profesor.

—Háblame de Gold —pidió el profesor.

—Hablamos mucho —contesté.

—¿En hombruno?

—Sí, es la única manera.

—Frankie, ya sabes cuáles son las Tres reglas de oro.

—Hacerse el tonto. Hacerse el tonto. Hacerse el tonto. Ya, ya. Ahí metí la pata.

—Pues muy mal. Ahora él sabe lo que tú sabes hacer. Y Gold es un macho. Las hembras son más mansas. A los machos hay que demostrarles cuanto antes quién es el macho alfa. ¿Cuántos años tiene?

—Ni idea. ¿Mediana edad?

—Eso es bueno. Los humanos jóvenes son demasiado impetuosos. ¿Qué tal tiene los dientes?

—No me he fijado.

—Los dientes son importantes, Frankie. ¿Come bien?

—Come, sí. Pero sobre todo bebe.

—¿Y el pelo? ¿Le brilla?

—Bueno, Gold no tiene mucho pelo. En la cabeza un poco.

—Ya, un macho de mediana edad. Con poco pelo. ¿Qué me dices de salir a la calle?

—No le gusta. Pasa mucho tiempo sentado. Cavilando. Es un hombre triste y está enfadado con el mundo.

—Tiene que moverse, Frankie. Salir haga el tiempo que haga. Sé que vosotros, los jóvenes, hacéis algunas cosas distintas en lo que respecta a la educación, pero un humano necesita mensajes claros. Orientación. De lo contrario, se convierte en una plaga para todos los demás seres vivos. ¿Se limpia?

—Más o menos. La verdad es que Gold se comporta de un modo... raro. Habla raro. Dice que ha perdido el sentido de la vida y cosas por el estilo.

—Eso es bueno, Frankie. Porque ahora *tú* eres el sentido de su vida, solo que él todavía no lo sabe.

Y de repente sentí que cargaba con un peso enorme. Me refiero a que yo nunca había sido el sentido de la vida de nadie. Al menos, que yo supiera. Pero supongo que cuando de pronto uno pasa a ser el sentido de la vida de un humano adulto como Gold, sin conocimiento previo ni nada, también contrae una gran responsabilidad. Y la responsabilidad no es lo mío.

—No sé por qué me lo imaginaba todo más fácil.

—Ya, un humano da trabajo, Frankie. Pero también alegría. Si se cuida bien. Los humanos se creen listos y nosotros dejamos que se lo crean. Desempeñamos nuestro papel, llevamos las riendas de manera encubierta. Así los humanos se sienten bien. Y si a tu humano le va bien contigo, a ti también te irá bien con él. ¿Lo entiendes? Eso se llama *dialéctica*, Frankie, muchacho.

Me habría gustado preguntarle al profesor qué es *dialéctica*, pero ya se estaba colando por los amplios postes de la cerca y enfilaba el camino empedrado que llevaba a su casa. Cada paso que daba de pronto parecía costarle más, era más vacilante. Y entonces me di cuenta de una cosa: lo hacía aposta.

Al final se sentó y soltó un ladrido. El señor Adam apareció en la puerta y dijo: «Oh, Barney, mi buen perro. Espera, que voy». Después lo cogió en brazos y lo metió en la casa. Fue todo un espectáculo.

Y es que el profesor es un maestro de la dialéctica esa.

Yo seguí mi camino hasta la casa abandonada mientras pensaba en qué podía hacer ahora que era el nuevo sentido de la vida de Gold. O en qué debía hacer. O en si, al ser uno el sentido de la vida, no sería mejor que siguiera paseando por el mundo sin más y ya vería cómo se desarrollaban las cosas. Con tanto cavilar, en un primer momento ni reparé en el coche. Y es que delante de la casa abandonada había un pequeño coche blanco. Y en ese mismo instante oí ese pío-pío como de gorrión molinero y casi me pongo malo del susto, corrí a esconderme en una mata y pensé: «Seguro que todo el mundo oye cómo me late el corazón del miedo». Por suerte, los humanos tienen unas orejas que solo les sirven para rascárselas y para nada más.

Anna Komarowa estaba en el jardín con su maleta. A la cabeza me vinieron las malvadas flechas, la cosa que escocía, y entonces me acordé de que quería pasarse para ver cómo me iba. Junto a ella se encontraba Gold, oí que decía: «¡Frankie! ¡Frankie, tienes visita!».

¿Por qué los humanos siempre piensan que uno va a ir en cuanto lo llaman?

Yo estaba en la mata, a tan solo unas colas de gato de distancia, esperando. A que Anna Komarowa se subiera al coche y se fuera para no volver. Pero eso no pasó.

Primero, los dos permanecieron en silencio. Después, Anna Komarowa dijo algo del tiempo y del calor que hacía ya y Gold también dijo algo del tiempo y del calor que hacía ya. Y luego Anna Komarowa añadió:

—¿Cómo le va a mi caquita? ¿Cicatriza bien la herida?

—¿La herida? Ah, sí. Creo que está todo en orden —repuso Gold.

—Pero ¿no lo sabe?

—Sí, sí. El propio Frankie me lo ha dicho: «Informo de que ya tengo la cabeza bien». Esas fueron sus palabras.

—Muy gracioso. Y ¿dónde está ahora?

—Por ahí. Ha escrito un poema y se lo quería recitar a su gran amor.

—Cada vez es usted más gracioso. ¿Está borracho? Porque el aliento le huele a alcohol, si me permite que se lo diga.

—Eso es lo que me gusta de usted, ¿sabe? Siempre tan directa. ¿Le apetece un vodka?

—Gracias. Estoy trabajando.

—Pensé que al ser usted rusa no sería tan cuadriculada.

—Soy kirguisa.

—Si usted lo dice. Para mí todo es Unión Soviética.

—Y dígame, ¿qué hace usted aquí todo el día? —preguntó Anna Komarowa—. Aparte de pimplar, me refiero.

—Pienso. Corto el césped. Compro comida para el gato. Espero que el día termine. Ah, sí, y pimplo, claro.

—Entiendo. Está usted en paro.

—No, no estoy en paro. Soy escritor.

—Vaya, conque un señor escritor.

—¿Se puede saber qué significa eso?

—¿Qué significa qué?

—«Vaya, conque un señor escritor.» Su forma de decirlo. Tan irónica.

—Yo solo he dicho: «Vaya, conque un señor escritor».

—Lo ha vuelto a hacer.

—Por Dios, qué sensible es usted. Y ¿qué es lo que escribe? ¿Género policiaco?

—Nada de policiaco. Novelas. Literatura de verdad.

—Qué lástima. Me gusta el género policiaco.

—¿Solo lee eso?

—O suspense.

—Si lo desea, puedo darle uno de mis libros. Como «señor escritor» que soy, también tengo una labor educativa, ¿no le parece? Puede que le guste.

—Bueno. Pero también puede que no me guste. ¿Muere alguien en su libro?

—Sí.

—Bien. Los libros en los que no muere nadie ni los toco. Pero si me parece aburrido, se lo diré. Y tampoco lo leeré hasta el final si no me gusta. ¿Título?

—¿Qué?

—Que cómo se llama su libro.

—*Mi verano con Emilie.*

—¿En serio?

—¿No le gusta?

—Suena muy carca.

—Clásico, que es algo muy distinto.

—Suena como al libro de una anciana que vive en un pueblo en Inglaterra, come sándwiches de huevo duro y escribe novelas sobre mujeres que también comen sándwiches de huevo duro y están enamoradas de un lord o un duque pero no son correspondidas.

—Un análisis interesante.

—Apuesto a que *Mi sangriento verano con Emilie* se habría vendido mejor. O, al menos, *El caso Emilie.*

—La próxima vez le preguntaré antes a usted.

—Hágalo. Ah, antes de que me olvide: he encontrado a alguien para la caquita.

—¿Que ha encontrado a alguien?

—Una buena familia que está dispuesta a adoptarlo. Usted quería librarse de él a toda costa.

—¿Eso quería? No me acuerdo.

—Para ser un señor escritor tiene usted muy mala memoria.

—Frankie se queda conmigo. Me necesita.

—Ya. Él lo necesita a usted.

—¿Qué es lo que tiene tanta gracia?

—Nada. Nada de nada. Es solo que creo que tal vez sea al revés.

—Bobadas.

—Mire, me gustaría esperar quince minutos más por si vuelve la caquita, para echarle un vistazo a la herida. Puede que haya suerte y aparezca. ¿Le parece a usted bien?

—No.

—¿No?

—Solo si se toma usted un vodka conmigo.

—Por favor, es usted un gilipollas de campeonato.

—Sí, lo sé.

Acto seguido, Gold entró en la casa y sacó una botella y dos vasos. Yo oí el clin-clan y ellos siguieron hablando. Después Gold fue también a por dos sillas y siguieron hablando y hablando. Unas cuantas veces Anna Komarowa se rio y siguieron hablando y hablando y hablando.

Casi era insoportable.

Nadie me llamó más. Y aunque no hubiera ido, de

todas formas es bonito que alguien lo llame a uno, a veces.

Me escabullí al Camino Grande mientras pensaba en lo que había dicho Gold: «Frankie se queda conmigo». Me alegró mucho. Porque creo que algo siente por mí, ¿no?

Ahora no sabía adónde ir, así que bajé hasta el lago y me senté en un pequeño sitio libre a la orilla del agua. Oía a los humanos que estaban junto al lago, entendía prácticamente todas las palabras, incluso las que llegaban del otro lado, es increíble lo lejos que se puede oír a través del agua por la noche. En el lago había dos barcas, y una pasó justo por delante de mí y pensé que debía de ser raro ir en una barca, debajo de uno nada salvo agua negra y prácticamente avanzando encima de la cabeza de los peces.

Después me fui del lago y subí a la montaña de basura. Atravesé el mundo oscuro, sin humanos. En el cielo estaba suspendida una medialuna y saludé: «Hola, luna. Cada día estás más gorda. Pero me alegro de que estés ahí, vieja amiga». Los murciélagos pasaban silbando por la noche. Los erizos resollaban. Olí la caca de un mapache, olí los trigales polvorientos del verano y me pregunté si Pushnelka Ronrolenko estaría ahora en su ventana y por qué había nacido yo tan cobarde. Me dejó hecho polvo.

Ya en la cima de la montaña, me aovillé debajo de mi vieja bañera y me quedé contemplando la luna hasta que empecé a soñar. Yo creo que la mayoría de los sueños son absurdos. No hay quien los entienda, y cuando uno le cuenta a alguien un sueño que no entiende, siempre parece que uno es raro. Por eso yo nunca le cuento a nadie los sueños que tengo.

Pero esta vez soñé con Hollywood. Y seguro que conocéis estas palabras, que tanto les gusta decir a los humanos: que los sueños se pueden hacer realidad.

11
HOLLYWOOD

Cuando volví a la casa abandonada, de pronto había cambios. Y lo que pasa cuando de pronto hay cambios es que al principio uno no entiende bien por qué y no sale de su asombro. Pero vayamos por partes.

Algún tiempo después de la memorable tarde con Anna Komarowa oí que Gold silbaba una canción. No me preguntéis cuál, porque además da lo mismo. Pero al ver a Gold en la cocina, silbando, no pude evitar mirarlo con cara de sorpresa. Otro día Gold descorrió todas las cortinas y la luz entró en la casa abandonada. Parpadeé como un poseso. Después Gold recogió los apestosos cacharros, y hubo un día que estuvo hablando mucho tiempo por teléfono con alguien (no tengo ni idea de quién era ese alguien,

Gold no me lo dijo) y hablaba bastante bien, es decir, sin echar pestes. Sin embargo, lo que me descolocó del todo fue la mañana que Gold de repente no llevaba la triste bata, sino las cosas que llevan los humanos normales. Ya sabéis lo que quiero decir. Casi no reconocí al bueno de Gold. Pero ahora viene lo gordo. Uno de esos días llenos de cambios repentinos con los que yo no salía de mi asombro, Gold me dijo:

—Frankie, sube al coche. Vamos a Hollywood.

Como es natural, no lo hice, porque pensé: «Otra vez está diciendo bobadas». Además, no quería volver a subirme a un coche nunca más. Pero Gold insistió a base de bien y dijo que íbamos a Hollywood. A una cosa que se llamaba «casting» o algo parecido.

—Y ¿qué hay de lo de ser realistas? —pregunté.

—¿Qué quieres que haya? —preguntó a su vez Gold.

—Hace unos días dijiste que era mejor que me olvidara de Hollywood. Porque solo soy un «gato de pueblo normal y corriente». Y ahora de pronto vamos a Hollywood, ¿no?

—Frankie, te estoy haciendo un favor. Nos vamos de excursión, ¿vale? Y lo siento mucho y no quiero desilusionarte, pero no es realista que vayas a ser una estrella de cine. Es incluso muy muy muy poco realista.

Y al oír las palabras «estrella de cine» me subí al coche. Porque pienso: siempre que uno crea en algo y sea capaz de imaginarlo, ese algo es realista. En mi opinión. Y era perfectamente capaz de imaginarme Hollywood. Que me recibía un grupo de humanos que me saludaban con la mano y me vitoreaban y decían: «Eh, Frankie. Por fin has venido. ¿Has tenido buen viaje? Escucha, primero come algo, descansa, y después serás una estrella de cine. En un pispás. ¿Cómo lo ves?». Y yo: «Lo veo genial, amigos».

Atravesamos campos y sembrados, y cuando volví la cabeza, el pueblo había desaparecido. No sé cuánto tiempo estuvimos en el coche, pero lo que sí os puedo decir es esto: para ir a Hollywood no hace falta coger un avión. O cruzar el océano en un barco. Y es que la cosa fue así: fuimos hasta la tienda para mascotas y después a la izquierda y a la derecha y recto y otra vez a la derecha, y Gold miraba un papelito en el que ponía la dirección de Hollywood.

En un momento dado aparecieron ante nosotros montañas y fuimos hacia ellas. Pero cuando nos acercamos vi que no eran montañas, sino torres enormes y casas muy altas. Salían de la tierra y eran todas iguales. En serio: igualitas. Como una manada de cebras.

—Esto es la ciudad —dijo Gold.

Una de las torres, la más alta de todas, tenía un aguijón en la cabeza y el aguijón se clavaba en una nube, yo nunca había visto algo así, y de pronto me sentí muy pequeño, más pequeño aún de lo que debe de sentirse una pulga.

—Esto es la ciudad —repetí en voz baja y me escurrí en el asiento del coche. Junto a la torre con el aguijón en la cabeza había una casa alta que tenía pegadas letras luminosas. Grandes y de color rojo. Y en esa casa queríamos entrar—. ¿Qué dicen las letras? —pregunté a Gold.

—Happy Cat —me contestó.

Pero delante de la casa había una calle, y tuvimos que cruzarla a pie y pensé: «Nunca lo conseguiremos». Había muchos coches. Muchos humanos. Todos iban corriendo a alguna parte de la ciudad. Y yo no tenía la menor idea de por qué. Si era por miedo o por hambre o porque iban de caza. Todos hablaban con sus pequeños teléfonos. En cuanto suena un pequeño teléfono, el humano tiene que hablar con el pequeño teléfono. No puede hacer otra cosa, porque los pequeños teléfonos lo controlan todo y los humanos les obedecen como si fueran perros. Algunos humanos también llevaban comida en las patas. Panecillos con salchichas y cosas así. Corrían y comían a la vez porque tenían miedo de que otro humano les quitara la comida antes de que pudieran ponerla a salvo. ¡Eso era sensato!

Gold me acomodó en el hombro para cruzar la calle y entró en la casa con las letras luminosas.

—¿Ya estamos en Hollywood? —pregunté cuando nos vimos en el gran vestíbulo.

—Por así decirlo —repuso Gold.

Un señor mayor, vestido todo de negro, vino hacia nosotros y dijo:

—¿Para el casting? Ascensor, segundo sótano.

Bajamos, como si fuésemos topos. Aunque aquella no parecía la casa de un topo, porque resulta que conozco a uno, se llama Grabowski. Y en la casa de Grabowski la oscuridad es absoluta. Una vez eché un vistazo y prácticamente es solo un túnel en el que hay lombrices y caracoles viejos. Nada cómoda. Los topos no tienen ni idea del confort ni de lo que es vivir superbién. Si queréis que os diga lo que pienso, son unos pobres infelices.

En el sitio que se llamaba «segundo sótano», la puerta se abrió y yo vi que había gatos por todas partes. La sala entera se hallaba llena de gatos que estaban con sus humanos sentados en sillas o en fila o se paseaban con una correa o miraban a través de los barrotes de una cesta. Fui detrás de Gold hasta una mesa alargada tras la que había dos humanos, una mujer y un hombre. Me figuré que trabajaban para Hollywood. La mujer tenía unas garras rojas afiladas y el hombre no tenía pelo en la cabeza. Gold sacó el papelito y dijo:

—Aquí pone que están buscando a un gato para un anuncio, ¿es así? Este es Frankie. Es el mejor.

Y me pareció todo un detalle por parte de Gold que dijera eso, aunque al fin y al cabo era la verdad.

Los dos humanos que estaban sentados detrás de la mesa me miraron. Después miraron a Gold, el hombre sin pelo en la cabeza me señaló y dijo:

—¿Se puede saber qué es *eso*?

—¿Disculpe? —preguntó Gold.

—Me refiero a la criatura desgreñada esa. Dígame, ¿se la ha encontrado en la calle?

—Directamente en la calle no. Es una larga historia.

—Y dígame, ¿qué se supone que es?

—Un gato. ¿No es evidente?

—Sí, pero ¿de qué raza?

—¿Raza? Ni idea. ¿Es importante la raza?

—Pues claro que es importante. Mire usted a su alrededor —contestó el hombre mientras apuntaba a la sala—. Al fondo hay gatos siameses de raza pura, como puede ver, y ahí hay un mau egipcio y aquí persas chinchilla. Por allí hay birmanos, azules rusos, maine coon y un precioso van turco.

—¿Birmanos, rusos, turcos? —Gold soltó una risotada—. ¿Esto qué es?, ¿la ONU?

El hombre no se rio.

—Su gato...

—Se llama Frankie.

—Su gato parece un gato doméstico normal y corriente, con sabe Dios qué cruces.

—¿Y?

—Aquí estamos buscando una estrella, no una oveja negra.

—Tal vez sea preferible decir «oveja de color» —corrigió la mujer de las garras rojas, que también estaba sentada detrás de la mesa.

El hombre carraspeó y le dijo a Gold:

—Mire, seguro que su gato es un... animal interesante. Una oveja «de color». Pero es muy corriente. Casi feo, la verdad. Y este es el casting para las Delicias en salsa Happy Cat. El número uno en el sector de la alimentación animal. Buscamos la nueva cara de las Delicias en salsa Happy Cat.

—Pero él tiene la cara perfecta para las Delicias en salsa —alegó Gold—. A Frankie le gusta la salsa.

—Y lo de la oreja izquierda, ¿qué? —planteó el hombre—. Le falta un trozo. No cogemos animales imperfectos, mordidos. Dios santo.

—Por otra parte... No sé —terció la mujer de detrás de la mesa mientras me miraba—. Puede que sea una locura, pero en cierto modo ese gato es auténtico.

—¿Auténtico? —repitió el hombre.

—Bueno, transmite algo distinto, dentro de su vulgaridad. Y la media oreja. Es... diferente. ¿No te parece?

—«Diferente» en el sentido de una buena oveja negra, ¿no es así?

—De color. Pero sí —repuso la mujer—. Si elegimos la narrativa adecuada. Que es: aquí tenemos a este gato, que es como millones de gatos más. Callejero. Un triste mestizo. Y además solo tiene media oreja. Apenas oye el mundo, se orienta mal, lo marginan. Pero él no se rinde. Lucha por el reconocimiento y el amor. Una historia así conmueve a todo el mundo. Y sería de lo más actual. Delicias en salsa Happy Cat: amamos a *todos* los gatos. ¿Por casualidad tiene algún otro impedimento?

—¡No está impedido! —exclamó Gold.

—Desde luego que no —convino la mujer de las garras rojas. Y me hizo una foto, escribió algo en un papel grande, le dio el papel a Gold y dijo—: Bienvenido al casting de Delicias en salsa Happy Cat.

No entendí todo lo que decían los humanos en Hollywood. Puede que la mitad. O la mitad de la mitad.

—Por cierto, ¿qué es *casting*? —le pregunté a Gold.

—Es ver si eres el adecuado para el papel.

—Y ¿soy el adecuado? Porque han dicho que soy feo.

—No eres feo, Frankie. O, bueno, puede que un poco sí. Pero tienes carisma.

Y ahora os diré algo, y podéis creéroslo o no: nunca me había parado a pensar en el aspecto que tengo. Ni tampoco en el de los demás animales, si son guapos o feos. Salvo en el caso de Pushnelka Ronrolenko, porque no es de este mundo. Naturalmente, algunos animales son tontos del culo. Por ejemplo, los mapaches. Pero ahora vosotros no podéis decir si son feos. Solo que son gilipollas. ¿Entendéis?

En ese sentido, los humanos son distintos. Siempre están diciendo cómo es alguien o qué es alguien. Y eso desempeña un papel muy importante. Eh, Frankie, eres feo. Eh, Frankie, eres mestizo. Eh, Frankie, estás impedido. Y también los años que tiene alguien, eso es algo que a los humanos siempre les gusta saber y de lo que hablan un montón. Y es que da lo mismo la edad que tenga uno. Lo principal es que ese uno está ahí.

¿Queréis un consejo de un gato que ha visto algunas cosas en la vida? Sed un poco listos por una vez y creedme cuando os digo que en el mundo hay gilipollas y no gilipollas. Y sanseacabó. Sin embargo, cómo distinguir a los gilipollas de los no gilipollas... a menudo es difícil. Sobre eso sería mejor que reflexionarais vosotros, humanos superlistos.

De tanto reflexionar y dar buenos consejos al género humano me entró hambre.

—¿Tienes algo de comer? —pregunté a Gold.

—No, Frankie, lo siento.

—Creía que en Hollywood nos darían comida y demás.

—En Hollywood más bien se come poco.

A continuación me fui a dar una vuelta por la sala en busca de comida. Y porque teníamos que esperar una eternidad. Para el casting. Así que, si alguna vez venís a Hollywood, será mejor que os traigáis comida y algo para jugar o una peli de Hollywood, de lo contrario en Hollywood no hay quien aguante del aburrimiento.

—Eh, tú, pequeño. Psst. ¡Aquí! Ven.

En un primer momento no supe quién hablaba. Después, a unas colas de gato de distancia, vi a una gata que me guiñaba un ojo, levantaba una pata y decía:

—Psst. Ven aquí, pequeño.

Así que me acerqué a ella. Porque: creo que es bueno conocer a alguien en Hollywood y hacer contactos. La gata descansaba en una cesta enorme. En la parte delantera tenía barrotes, y por ellos sacó la pata.

—Eh, pequeño. Psst. ¿Tienes algo?

—¿Algo?

—Que si tienes algo, te pregunto. Ven, pónmelo en la pata.

—¿Qué quieres que tenga yo?

—No te hagas el tonto y dale algo a una dama entrada en años.

—Pero si es que no tengo nada. ¿Tú tienes algo? Yo tengo hambre.

—Vamos, no hace falta que sea mucho, pero necesito algo. De lo bueno.

—¿De lo bueno?

—Mierda. Conque no tienes nada, ¿mmm? Por qué hablaré siempre con quien no debo. Antes habría hablado con quien debía. Antes. Todos estaban locos por mí.

—Soy Frankie —me presenté, porque no sabía qué otra cosa decir.

—Yo Bianca von Hosenwalde-Wolfenstein. Y tú, ¿te llamas Frankie? ¿Frankie a secas?

—Frankie... von Montebasura —añadí.

—Muy bien, Frankie von Montebasura. ¿Es tu primera vez aquí? Lo parece.

—Sí. Acabo de llegar a Hollywood.

—¿A *Hollywood*? Ya, claro. ¿Tienes idea de lo que se cuece aquí, pequeño?

—Bueno, quiero ser estrella de cine. Por amor.

—Un romántico. Qué mono.

Y después me miró fijamente. Y me atontoliné un montón, porque ella tenía unos ojos rasgados extremadamente azules, con los que me fulminaba desde su cara oscura. Algo de lo más inquietante. Yo nunca había visto a una gata como Bianca von Hosenwalde-Wolfenstein.

—Tú júntate conmigo, pequeño. En este sitio soy la estrella. La buena de Bianca cuidará de ti, ¿vale?

—¿Eres una «raza»? —quise saber, porque antes había oído pronunciar esa palabra a los humanos.

—Naturalmente, pequeño. Siamesa de pura cepa. ¿Y tú? ¿Qué eres?

—¿Yo? Soy impedido. Y distinto —contesté.

—Vaya, eres gracioso, Frankie von Montebasura. Me caes bien.

—Y dime, ¿cómo es eso de la raza? —Porque quería saberlo de verdad. También porque me daba un poco de envidia.

—Solitario —repuso ella.

—¿Solitario?

—Solo quedo con gatos siameses. A veces. Mis

humanos me han prohibido que me relacione con otros.

—¿Son racistas?

—Pues claro que son racistas. Aunque se llaman criadores.

—Criadores. Vaya.

Y así fue como conocí a Bianca von Hosenwalde-Wolfenstein. Siamesa de pura cepa. Probablemente hayáis oído hablar de ella, porque ha actuado en todo Hollywood.

—Pero entonces llegó una jovencita, una maine coon, meneó tres veces el culo y yo desaparecí del mapa. Así son las cosas aquí, pequeño. Es un sitio duro. Pero tú has tenido la suerte de conocerme. La buena de Bianca te ayudará. —Y a mí me pareció todo un detalle por su parte, porque yo ni siquiera sabía qué había que hacer exactamente en el casting ese—. Escucha bien, pequeño, te daré algunos consejos. Incluso te desvelaré el gran secreto del estrellato. Para que consigas llegar hasta lo más alto. ¿Quieres saber cuál es el secreto?

Asentí.

—Claro que quieres saberlo. Pero, a cambio, tienes que hacerle un pequeño favor a una dama entrada en años. ¿Ves a ese perro negro que está ahí detrás, en la esquina?

En efecto, allí había un perro negro. Ni siquiera me había fijado en él. Estaba sumido en la sombra, superdiscretamente. Cerca de la puerta por la que yo había entrado al segundo sótano.

—Bueno, pues te acercas a él y le dices que necesitas algo de lo bueno para la buena de Bianca. ¿Podrás hacer eso por mí?

Asentí.

—¿Qué clase de perro es?

—Un afgano.

—¿Un afgano negro?

—Exacto.

—¿También tiene nombre?

—Camello.

—¿Camello? ¿Así se llama?

—Exacto. Y ahora date prisa, anda.

12
BRO

Atravesé la sala y pensé que todo iría bien cuando supiese cuál era el secreto del estrellato de Hollywood. «Frankie, si serás suertudo.»

El único problema era que el afgano negro que se llamaba Camello era más grande cuanto más me acercaba a él. Cuando me vi delante, era tres o seis veces más grande que yo, y de pronto me temblaban las patas y cuando me dirigí a él lo hice con voz de pito.

—Eh, afgano. ¿Qué onda? Quería...

—Bro, habla más alto, leche.

—Quería... algo de lo bueno. Para mi amiga Bianca.

Camello me miró de arriba abajo. No dijo nada y primero se lamió el trasero. Yo esperé pacientemente.

No sé si alguna vez os habéis relacionado con un afgano negro, pero un afgano así prácticamente es todo pelo. Casi no le veía los ojos, porque a Camello el pelo también le caía por la cara, lo llevaba como con raya al medio y entre ambas mitades asomaba su puntiagudo morro.

—¿Cuánto, bro? —preguntó Camello.

—Soy Frankie, no Bro —precisé, porque pensé que era un buen dato.

—Claro. Frankie, bro. Entonces ¿cuánto?

—¿Cuánto qué? —pedí.

—De lo bueno, bro.

Y ese era otro problema. ¿Cuánto? ¿Cuando ni siquiera sabía de qué? Porque ¿qué era «lo bueno»?

—Una... ¿porción?

—Vale, bro. ¿Qué tienes tú para mí? —preguntó Camello.

—¿Yo? Nada. Solo soy el recadero.

—O sea, que quieres lo bueno pero no me das nada a cambio. ¿He entendido bien?

Ahora la voz de Camello parecía amenazadora.

—¿Qué quieres que te dé?

—Un hueso para masticar con sabor a pollo. Es el precio normal. También acepto una barrita para masticar con sabor a pollo. O un pescuezo de conejo. ¿Cómo lo ves, bro?

Sacudí la cabeza. Camello me acercó mucho el puntiagudo hocico a la oreja y susurró:

—Si no tienes nada para mí, yo tampoco tengo nada para ti. Y ahora, ¡date el piro!

¿Sinceramente? No sé por qué me quedé donde estaba. Tenía mucho miedo, pero también estaba completamente desesperado, y la desesperación hizo que reuniera todo mi valor y le dijese a Camello que, por desgracia, no podía darme el piro. No sin lo bueno. Porque lo necesitaba a toda costa para averiguar cuál era el secreto del estrellato.

Y después le hablé de Pushnelka Ronrolenko, le conté que le poeticé un poema a la luz de la luna y pasaba siglos sentado delante de su ventana, sin ser capaz de decirle nada debido al anhelo, y que Hollywood era mi única oportunidad para conquistar su corazón. Tal vez él, Camello, hubiese estado enamorado también y supiese lo que se sentía cuando a uno le partían el corazón, y que había días que uno solo tenía ganas de tumbarse debajo de una bañera vieja, gimoteando en silencio por el mal de amores, y que la vida era sombría como un bosque por la noche.

De pronto oí un sorber de mocos más arriba y acto seguido vi que del morro de Camello, delante del todo, en la punta, colgaba una lágrima grande y brillante. Era la lágrima más enorme que he visto en mi vida, grande como una frambuesa, lo cual en cierto modo era lógico, porque los perros enormes por fuerza han de tener lágrimas enormes. En cualquier caso, resultó que los afganos son unos tipos extremadamente sensibles. Es cosa de carácter. Camello se llenó todo el pelo de lágrimas grandes como frambuesas y dijo, sorbiéndose, que le había contado la historia más tonta y conmovedora que había oído en su vida.

Yo:

—¿De veras?

Y él:

—Me has dejado hecho polvo, bro. Qué emotivo. Buah. Más conmovedor que *Titanic*.

Camello me contó que él también había estado muy enamorado. Antes, cuando era un afgano en Afganistán. Pero por desgracia la cosa no salió bien por «motivos religiosos». Me habló de chiitas y sunitas y dolomitas, y todos tenían problemas entre sí. Preferí no seguir preguntando, porque Camello ya había llorado bastante.

—Y ¿de verdad no sabes qué es lo bueno?

—Ni repajolera idea, Camello.

—Poco sabes tú, bro.

—Lo sé. No soy de por aquí.

Camello levantó el trasero y, cuando yo ya pensaba que iba a lamérselo de nuevo y tardaría una eternidad, levantó el trasero un poquito más y vi que bajo el pelo tenía escondidas bolsitas transparentes, y ahora me dio una de las bolsitas con la pata.

—¿Esto es lo bueno?

Parecía hierba seca.

—Hierba gatera. De la mayor pureza. Sin cortar —aseguró Camello. Yo había oído hablar de la hierba gatera. Y de que vuelve locos a los gatos.

—Pero no puedo darte nada a cambio.

—He berreado como hacía tiempo que no berreaba. Con eso me basta. Lo he disfrutado a tope, bro. ¿Tú sabes por qué nos llamamos afganos *negros*? Porque somos supermelancólicos. Y ahora hazme el favor de darte el piro, anda.

Me fui con la bolsita en la boca y me sentí como un felino que sale a cazar y regresa airoso. Frankie Corazón de León. Como es natural, quería contárselo todo a Bianca, la aventura con Camello, pero ella ni me escuchó.

—Cierra el pico, pequeño. Dame lo bueno. ¡Dámelo!

Abrió la bolsita con sus garras ávidamente, olió con fruición y metió el hocico entero. Después se tumbó bocarriba. Rodó a un lado y a otro, enloquecida con la hierba gatera. Una y otra vez. Algo de lo más inquietante.

—¿Hola? —probé—. ¿Bianca? ¿El secreto del estrellato que me ibas a desvelar? ¿Te acuerdas?

Entonces el rodar cesó un instante y ella me miró. Sus ojos azules eran fríos y duros.

—El secreto del estrellato, ¿eh? Muy bien, aquí lo tienes: en Hollywood no te fíes nunca de una gata a la que no conoces. Y ahora largo de aquí, pedazo de idiota. Vamos, pírate de una vez.

Me puse a andar por la sala, confuso y sintiendo un vacío en el corazón, hasta que encontré un rincón y me derrumbé. Sin embargo, lo peor no era la mentira. Lo peor era que Bianca tenía toda la razón: yo era un pedazo de idiota. Alguien que al parecer se lo creía todo si sonaba bien. Y cuando uno siente que es un pedazo de idiota, lo que más le apetece es echar a correr o meterse en un agujero profundo en el bosque. Y eso precisamente era lo que me apetecía hacer a mí: volver a mi pueblo, donde estaba mi sitio. Con mis buenos amigos, aunque alguno solo tuviese tres patas. Bastaba ya de soñar, porque cabía suponer que en Hollywood no buscaban a pedazos de idiota. O acaso había en alguna parte un letrero en el que pusiera:

¿QUIÉN QUIERE SER ESTRELLA DE CINE? LOS PEDAZOS DE IDIOTA SON BIENVENIDOS.

Pero el problema era que, al visitar a Camello, había perdido a Gold entre el gentío. No había ni rastro de él. Y otro problema era que tenía tanta hambre que sentía flojera en las patas. Y otro más que, debido a los otros problemas, cada vez estaba más desesperado. Por desgracia, eso es lo que suele pasar con los problemas: una vez se tiene uno, no tardan en aparecer más. Se multiplican como conejos. No hay nada que hacer.

Me acomodé pegado a la mesa tras la que antes estaban sentados la mujer de las garras rojas y el hombre sin pelo en la cabeza y me quedé esperando a Gold, porque pensé: «Usa un poco la inteligencia, Frankie». Y usar la inteligencia es esperar en el sitio en el que uno vio por última vez a quien busca. Pero Gold no apareció. Y poco después yo tenía no solo un hambre canina, sino también sed. No podía estar más agobiado y la espera ya no me parecía tan inteligente, porque uno se queda de patas cruzadas y se vuelve loco, aunque entonces algo me llamó la atención: junto a la mesa había una puerta grande y por ella primero pasaban gatos con sus humanos y al cabo de un rato salían. Los humanos decían a los gatos: «Ha ido muy bien, Jacqueline». O: «¿Por qué estabas tan nervioso, Peter?». O: «Al menos podrías haber hecho como si te supiera bien, Luzie». Estuve observando un rato el trajín. Me asomé y agucé el oído. Y la siguiente vez que salió alguien y la puerta permaneció un momento abierta, me colé por ella deprisa.

Resultó ser que justo detrás de la puerta había una habitación. Y dentro había algunos humanos. Incluidos la mujer de las garras rojas y el hombre sin pelo en la cabeza. Y también soles pequeños encima de palos. Los soles daban una luz brutal, que hacía daño en los ojos. Sin embargo, no vi allí a Gold.

De pronto, cuando ya iba a irme por donde había venido, olí algo. Me dio en toda la nariz. Y también vi algo. Amigos, no os lo vais a creer. En un primer momento pensé que era otro truco malintencionado de Hollywood. Y es que, aunque sea un pedazo de idiota, sé de sobra que algunas cosas sencillamente no existen en la vida. Por ejemplo: un ratón gordo me mete la cabeza en la boca y dice: «Que aproveche, querido Frankie».

O: una manada de lobos se pasa a verme y dice «creemos que eres superlisto y atractivo, despiadado Frankie. Por eso queremos que seas nuestro líder a partir de ahora».

O: voy por el bosque y encuentro la cuarta pata del profesor y después se la pegamos con saliva donde estaba antes y queda sujeta.

Todas esas cosas no existen.

Pero lo que yo estaba viendo y oliendo ahora en Hollywood existía. Y es que allí delante había un cuenco lleno de comida. Estaba allí, sin más, como si hubiese caído del cielo o algo por el estilo. Alguien incluso había puesto encima unas verduritas, se las podría haber ahorrado. Aunque la verdad es que bonito estaba.

Me acerqué sigilosamente, con el culo bien pegado al suelo para que los humanos no se dieran cuenta. Tenía tanta hambre que me puse a comer como un loco. Lo único que me molestaba un poco eran los soles, que iluminaban justo el cuenco. Y si ahora estáis pensando: «Una historia muy rara, Frankie», es que no tenéis ni idea de lo que es raro. Porque esto fue lo que pasó: de repente los humanos reaccionaron y dijeron: «Jane, ¿qué gato es ese? Hazme el favor de comprobarlo en la lista». Y: «Tom, ¿lo has grabado? ¿Está encendida la cámara? Hazme un primer plano como sea». Y: «Vaya. ¡Pues no entra ese y se abalanza sobre la comida! Como si le gustara de verdad». Y: «Mirad cómo come, ¡como una lima!». Y: «Su forma de comer es *superauténtica*, ¿no os parece?». Y: «Sí, la pose es *superauténtica*». Esa era su palabra preferida.

Un humano se me acercó con una caja grande en el hombro. Le bufé en el acto. A pleno pulmón. Y es que no soporto que me molesten cuando como. Sencillamente es de mala educación. Después, como es natural, me relamí, porque tenía un poco de salsa en el morro. «¿Lo veis? Por favor, ¡si está flirteando con la cámara! A ver, Jane, ¿ya has encontrado el nombre en la lista?»

Etcétera, etcétera. Hasta que oí que detrás de mí una voz conocida exclamaba: «¡Frankie! Por fin te encuentro, maldita sea. Te he estado buscando como un loco».

Me alegré un montón de que Gold me hubiese encontrado, pero primero tenía que terminarme el cuenco. Los humanos de la habitación se abalanzaron hacia Gold de inmediato y se pusieron a hablar con él nerviosamente. Sacudiendo de mala manera las patas y asintiendo de forma significativa con la cabeza y demás. Al cabo, Gold vino conmigo y dijo:

—¿Se puede saber qué has hecho, Frankie?

—¿Yo? Nada. Comer. Tenía hambre.

—Los del anuncio están como locos.

—¿Por mi culpa?

—Pues claro que por tu culpa.

—Creo que deberían verme en el casting. ¡Sé hacer un montón de cosas! Saltar alto, salir pitando, cazar, bufar, acechar, aguzar el oído, espiar, acercarme sigilosamente...

—Frankie, este era el casting.

—¿Qué? No entiendo nada.

—Estás el primero en la lista. ¡Enhorabuena!

—¿Cómo?

—Bueno, Frankie. Todo apunta a que vas a ser la nueva cara de Delicias en salsa. Quién lo habría pensado.

—¿Qué?

Incluso cuando hacía tiempo que estábamos en el coche y dejamos atrás la ciudad con sus torres y sus casas cebra, yo seguía pensando: «¿Qué?». Porque, sencillamente, era demasiado raro. Ahora sí que me habría gustado charlar con Flipper, para saber cómo había sido su experiencia con el casting. Pero así es Hollywood, amigos. Aquí se puede venir a buscar muchas cosas. Y perseguir sueños como un poseso. O simplemente uno puede ponerse las botas y hacerse famoso. Y es que Hollywood es un lugar para gente que no hace nada. Pero el quid está en que ese no hacer nada sea *auténtico*. Eso, por si queréis saber cuál es mi secreto del estrellato.

Seguimos conduciendo por el vasto mundo. Fuimos por una carretera interminable, atravesamos campos y sembrados y bosques. Me aovillé en el regazo de Gold y él me acarició la cabeza mientras el coche avanzaba y daba sacudidas como un loco. Pero ya no me daba miedo. Y mientras íbamos en el coche juntos, Gold y yo, me sentí feliz. No creo que haya sido más feliz en toda mi vida. Y habría deseado que ese momento durase eternamente. Pero ¿a quién le interesa lo que desea un gato?

13
PLANETAS

El aire olía distinto. Y la primera que se dio cuenta fue la ardilla musculosa, aquella tarde que estábamos sentados en la montaña de basura y contemplábamos el atardecer.

—¿Lo hueles, Frankie? El otoño se acerca —constató.

Ensanché los orificios de la nariz y, en efecto, el aire olía un poco a otoño, en él flotaba un soplo de frescor y tierra mojada, si se olisqueaba bien.

—¡Qué aire tan bueno! —exclamó la ardilla musculosa, y respiró hondo—. En Hollywood no tenías un aire tan bueno.

—El aire es aire —repliqué.

—Nop, Frankie, de eso nada. Un aire así, con todos estos olores increíbles y demás, solo lo tienes aquí. Créeme.

La cosa era así desde hacía días. Después de que les hablara a mis amigos de Hollywood, la ardilla musculosa empezó a actuar de forma rara y a decir constantemente cosas como: «Mira estos charcos, con esta agua clara, ya los puedes buscar en Hollywood que nanay, amigo mío».

O también: «¿Oyes cómo susurra el viento entre los árboles, Frankie? Es imposible que en Hollywood oigas unos sonidos tan bonitos». O: «Tú mira este grano de maíz. Gordo y amarillo. No pensarás de verdad que en Hollywood hay algo así, ¿no? No lo pensarás, ¿no, Frankie?».

—Tía, que no me voy a ir a ninguna parte —aseguré, y le puse una pata a la ardilla musculosa en el pequeño y musculoso hombro. Y así permanecimos un rato, en silencio, en la montaña de basura, viendo cómo caía la noche del cielo.

—¿Seguro que no te vas a ir?

—Puede que unos días —maticé—. Para hacer una película. O cuando me reúna con gente famosa en Hollywood para comer y hablar de cosas importantes y tal.

—¿Qué cosas importantes?

—Ni idea. Tal vez la paz mundial o cosas así.

—¿Tú sabes algo de la paz mundial, Frankie?

—Todavía no, aunque tan difícil no creo que sea, ¿no? Al fin y al cabo, la paz mundial no es más que una paz con todos los demás.

—Eso es muy inteligente, Frankie.

—¿Tú crees?

—A mí me parece inteligente.

—Puedes venir alguna vez conmigo a Hollywood. Iremos todos juntos: tú, el profesor, Gold y yo.

—¿Gold también?

—El coche es suyo.

—Cierto.

—Y sabe conducirlo.

—Cierto. Hay que tenerlo en cuenta.

—La verdad es que Gold no es malo. Es solo que no lo sabe demostrar, pero, para ser un humano, en el fondo no es malo.

La luna no tardó en aparecer, en el cielo cada vez había más estrellas y todo era de lo más extraordinario. El firmamento entero resplandecía y refulgía. Y durante un momento pensé: «Somos invencibles. Vivimos eternamente». Eso fue lo que pensé, de verdad. Aunque no pueda explicar por qué pensé eso mientras mirábamos las estrellas.

—¿Por qué la luna es amarilla? ¿Tú lo sabes, Frankie?

—Supongo que porque la hicieron así.

—Pero a veces no es tan amarilla.

—Sí, a veces es un poco blanca.

—Es una locura que esté suspendida ahí arriba, ¿no?

—Una auténtica locura. Pero también es superbonito.

—A mí también me parece superbonito. Una luna así tiene algo. Aunque solo sea media. ¿Tú crees que pueden vernos?

—¿Quiénes?

—Pues los habitantes de la luna.

—Claro. Si nosotros podemos ver la luna desde aquí, ellos también pueden vernos a nosotros. Es lo lógico.

—Anda, vamos a saludar.

Y nos pusimos a saludar a la luna hasta que se nos cansaron las patas.

—¿Tú sabes cuál es el planeta de los simios? —quise saber.

—Nop. ¿Qué es un planeta?

—Un planeta es una estrella, como las que están ahí arriba. Lo vi una vez en la tele. Fue superinteresante. Y en algún lugar hay una estrella en la que los simios mandan. Van a caballo y son los amos de todos. Hasta de los humanos.

—¡No es verdad! —La ardilla musculosa me miró con escepticismo.

—Sí lo es, lo vi en la tele. Y ahí todo es verdad. Seguro que ahí arriba, en alguna parte, está el planeta de los simios. Es así.

—¿Tú crees que la luna podría ser el planeta de los simios?

—Tal vez. Habría que preguntárselo a un simio. ¿Tú conoces a alguno?

—Nop. ¿Tú?

—Nop.

—¿Sabes lo que sería flipante, Frankie? Que ahí arriba hubiese un planeta de las ardillas. ¡Imagínate! Ardillas y árboles de frutos secos y matas de frutos secos y flores de frutos secos por todas partes. *Todo* de frutos secos. Y las ardillas van a caballo y son las que mandan.

—Sí, sería flipante. Y yo estaría enfrente, en el planeta de los gatos, e iríamos a visitarnos.

—¡Eso! Pero... ¿cómo iríamos a visitarnos?

—Cruzaríamos a caballo. Entre las estrellas hay puentes, y se pueden cruzar a caballo.

—Claro, Frankie. Ahora que lo dices.

—Pero ¿sabes lo que sería aún mejor? El planeta de los animales guais. En él solo vivirían animales que sean lo más. Como tú, el profesor, yo y algunos otros que elegiríamos nosotros. Pero nada de gilipollas como los mapaches, por ejemplo.

—Ni águilas que me persigan.

—Ni cisnes, urracas y lobos.

—Ni martas, comadrejas y lechuzas.

—Ni aves migratorias.

—Ni humanos.

—¿Ninguno?

—Creo que nadie necesita a los humanos, Frankie.

—Bueno, los humanos son inteligentes. Y trabajan mucho. Alguien tendrá que construirnos los puentes entre los planetas. Y dar de comer a los caballos. Y hacer las cosas que a nosotros no nos apetezca hacer.

—Bueno, visto así, puede que nos llevemos a algunos humanos. Tío, cómo me gustaría ir ahora mismo contigo al planeta de los animales guais. Flipante.

—Chsst. Calla un momento.

—¿Qué pasa?

—¿Oyes eso?

Se oyó un ruido. Una rama crujió.

—Ahí hay alguien —dije.

—Ya, pero ¿quién?

—¿Cómo quieres que lo sepa? ¡Cállate!

Aguzamos el oído y oteamos en la noche. Más ruidos. Resuellos.

—Será mejor que nos larguemos, Frankie.

—Psst.

Una sombra se deslizó por la basura. Venía directa hacia nosotros. Y después yo también la olí.

—Mierda. Un mapache —musité.

La ardilla musculosa salió pitando en el acto, subió por un abedul y, cuando estaba arriba, exclamó:

—Frankie, ¡ahí! ¡Ya lo veo! ¡Ten cuidado! ¡Está ahí!

Y seguro que lo hizo con buena intención y tal, pero en ese momento nos habría descubierto hasta un mapache duro de oído.

El mapache vino hacia mí con su puñetero caminar de mapache. Los mapaches parecen tontos del culo cuando andan así. Era más grande y más fuerte que yo. Un mapache gordinflón. Y ¿sinceramente? Está claro que lo sensato habría sido largarse. Sin duda. Pero un gato a veces no puede largarse. La montaña de basura es mi hogar, ¿entendéis? *Mi* montaña de basura. La anciana señora Berkowitz nunca lo entendió. Siempre que volvía con ella con las orejas sangrando, sacudía la cabeza y se lamentaba: «Oh, Frankie, pero mira que eres tonto. ¿Por qué tienes que pegarte siempre?».

Respuesta: es mi naturaleza. No lo puedo evitar. Soy un *animal territorial*. Y, cuando lo pienso, me resulta sorprendente que los humanos no lo entiendan. Y es que todo lo que sé de los humanos es que también son animales territoriales.

La ardilla musculosa gritó desde el abedul:

—Voy a buscar ayuda, Frankie.

Y se fue pitando.

El mapache abrió la boca y bufó como un poseso. Yo le vi los puntiagudos dientes a la luz de la luna. Eso es algo que nadie se cree: que en esa carita tan mona el mapache tenga unos dientes tan malvados y puntiagudos. Me refiero a que a algunos animales se les ve que son un poco malintencionados. Cuando te tropiezas con un lobo y el lobo te dice «hola» y sonríe, tú prácticamente lo sabes: te va a arrancar la cabeza. Sin embargo, con el mapache la cosa es distinta. Al principio todo el mundo piensa que es gracioso y tal, pero no se lo puede subestimar. Yo cometí ese error una vez y perdí media oreja en el acto. Por aquel entonces yo aún era pequeño y no sabía nada. Iba por el pueblo una noche y vi a dos mapaches sentados. Quería hablar con ellos, porque me sentía un poco solo y me pareció que eran supermonos. Como si tuvieran unas gafas graciosas en la cara. Pero me dieron una buena paliza. Uno me mordió la oreja, y cuando se dio cuenta de lo que tenía en la boca y de que difícilmente se lo podía comer, lo escupió. Y mi media oreja salió volando por el aire, describiendo un amplio arco. No la volví a ver. Pero en algún sueño a veces aún la veo salir volando por el aire.

Cuando el mapache gordinflón abrió la boca, arremetí contra él. El motivo: el ataque por sorpresa. Le di un buen arañazo con las garras. Y luego otro. Yo era rápido y él, torpe y gordo. Fueron unos golpes fuertes, pero el mapache se limitó a poner cara de sorpresa y bufar. Eso hay que reconocerlo: que los mapaches no se cagan de miedo. Encajan bien los zarpazos, y eso es algo que yo respeto mucho.

Después se fue. Pero no temeroso o algo así, sino con toda su pachorra, con ese caminar tonto. Como el que piensa: «Andando, que esto es un fastidio». Solo que, por desgracia, acto seguido cometí un error. Ahora que sabía que el mapache me dejaría en paz, me puse gallito. Me pasa a veces cuando me peleo y me siento vencedor. El error es: ser un bocazas. En cualquier caso, le solté un par de lindezas. Lo llamé engendro y tal. El mapache se volvió, me miró un instante y salió disparado hacia mí, cabreado.

Con esas garras de aúpa que tienen, me dio en la cabeza y en todas partes. Vi chiribitas en el ojo izquierdo y lancé un aullido de dolor. De pronto noté el ojo como apagado. Un golpe más fuerte aún me acertó en la cara, y las rodillas me flaquearon, caí de lado, el morro me sangraba. Ahora el mapache estaba encima de mí, olía su aliento apestoso. Me mordió en el costado. Me mordió en el cuello. Me hundió los puntiagudos dientes en la carne. La cosa no es como en las películas que he visto en las que los humanos pelean y uno dice: «¡Ten compasión!». Y el otro tiene compasión. Por desgracia, la cosa no es así. El mapache me arrastró por el suelo y siguió dándome golpes. Y yo lo supe: «Se acabó, Frankie. Se acabó». A decir verdad, yo ya solo quería darle las gracias al Líder Supremo (o a quien sea) por la buena vida que había tenido, que me había gustado mucho.

Había tenido mucha suerte. Había dormido mucho e incluso me había sentido querido y tal. Y eso es mucha suerte. Solo que ahora que todo había terminado no tenía ya tanta suerte.

Entonces vi con un ojo que una bata triste venía corriendo hacia mí. Delante iba la ardilla musculosa, que chillaba:

—¡Frankie! ¡Ya vamos! ¿Sigues vivo? ¡Frankie!

Y ahora la situación era esta: Gold, jadeando y con la bata triste; la ardilla musculosa, que volvió a subirse al abedul; yo medio muerto en el suelo y entre las garras del mapache. Lo que sucedió después..., *mamma mia!* Gold gritó como no lo había oído gritar antes. Ningún animal que conozco es capaz de gritar así. Con esa rabia y esa desesperación. Gold arremetió contra el mapache mientras chillaba. Le lanzó cosas que cogió del suelo: piedras, basura. No paraban de volar cosas. El mapache casi se volvió loco, pero al parecer Gold siguió como si nada. ¡No tenía ningún miedo! Le dio puntapiés, lo golpeó con una tabla. Y yo me sentí tremendamente orgulloso. Pero ¿sinceramente? También daba miedo. Era como si a Gold no le importase nada. Se comportaba como un loco. Más aún que el mapache. Y entonces el mapache salió corriendo y Gold aún estuvo gritando un buen rato, hasta que le dije, con un hilo de voz: «Ya basta. Basta».

Gold me bajó en brazos por la montaña de basura. Estrechándome contra su pecho, como si fuese su hijo. Yo miraba la bella luna; ahí arriba, en alguna parte, estaba el planeta de los animales guais, y pensé que tenía que ir a ese sitio como fuera, si salía de esa.

14
IDIOTAS

Todo me dolía. Todo me escocía. Estaba sumamente cansado y con el ojo izquierdo prácticamente no veía nada. Cuando llegamos a la casa abandonada, Gold me tendió en el sofá y me tapó con una manta para que no tuviese frío. Después se sentó junto al teléfono y habló con Anna Komarowa, a la que ahora llamaba Anna. Y después también estaban la ardilla musculosa y el profesor, que habían venido con nosotros a la casa.

Todos estaban sentados a mi alrededor, como si fuésemos una familia o algo parecido, aunque ahora mismo no me venga a la cabeza ninguna familia que esté compuesta por un humano, un gato, una ardilla y un perro salchicha con tres patas. Pero ya sabéis lo que quiero decir. Y todos estaban preocupados y querían saber si necesitaba algo, si estaba a gusto, si estaba cómodo, y la ardilla musculosa no paraba de preguntar: «Frankie, ¿cómo estás?». «Estoy», contestaba yo. Y poco después volvía a preguntar: «Frankie, y *ahora*, ¿cómo estás?». Y me estaba poniendo un poco de los nervios. Pero también era muy bonito. No soy capaz de recordar cuándo fue la última vez que alguien se había preocupado tanto por mí. Y casi me pareció una lástima que todos se preocuparan precisamente ahora que yo estaba tan cascado. De no ser así lo habría disfrutado más.

—Tío, cuánto me alegro de que sigas vivo —dijo la ardilla musculosa—. Te has librado por los pelos, Frankie.

—Empezaba a pensar que ya no veníais —repuse débilmente.

—Tío, he venido directa a la casa abandonada para avisar a Gold cuando te has abalanzado sobre el mapache. Pero Gold... estaba ocupado.

—¿Ocupado?

—Sí, aquí. Con el hilo.

La ardilla musculosa apuntó al techo, de donde colgaba de nuevo el soberbio hilo. Estaba tan hecho polvo que ni me había fijado.

—Me he encaramado a la ventana y me he puesto

a gritar como una loca, pero Gold no reaccionaba. Estaba dentro, subido a la silla, con el hilo alrededor del cuello. Colgando de él, Frankie, como una nuez del árbol.

—Puede que no te oyese, ¿no crees?

—¡Pues claro que me oía!

—Y ¿qué gritabas?

—«¡Ayuda! ¡Frankie!» Más no sé decir en hombruno. Aunque seguro que él lo ha entendido. Gold me ha mirado mientras colgaba del hilo. Tendría que haber ido en el acto, Frankie.

—Pues sí, tendría que haber ido en el acto, pero a Gold le gusta jugar con ese hilo. Le rechifla.

—A pesar de todo, no me parece bien que te dejara colgado a ti. No cuando es cuestión de vida o muerte.

—No está nada bien, desde luego que no.

—¿Tú qué opinas, profesor? —preguntó la ardilla musculosa—. No está bien que Gold prefiera ponerse a jugar con el hilo que ayudar a Frankie, ¿no crees?

El profesor no dijo ni pío. Tenía la vista clavada en el hilo, como si fuese todo un espectáculo.

—Eh, profesor, ¿todo bien?

Él sacudió un poco su cabeza cana y después contestó con un soplo de voz bronca.

—Si seréis idiotas.

Creo que no hace falta que os cuente lo que nos explicó a continuación el profesor, que es el animal más listo que conozco. Del hilo y demás. Os lo podéis imaginar. Porque *vosotros* no sois idiotas.

O, al menos, eso espero. Y, como también os podéis imaginar, me sentí sumamente tonto. Aquí estoy yo, contándoos una historia desde hace un buen rato y sin enterarme de nada.

Pero ya me he enterado. Por lo menos, del meollo: *suicidio.* Solo que no me lo podía creer. Porque hay una diferencia entre enterarse de algo y poder creerlo. Y aunque yo no soy el gato más listo del mundo, jamás habría creído que Gold quería morir.

Y eso que, por lo demás, me lo puedo creer todo. Me creo la mierda más patética. ¿Os he contado ya cómo nací? Salí de mi madre, como hacemos los gatos. Junto con Número 1, Número 2, Número 3, Número 4, Número 6 y Número 8, mis hermanos. Todos blanditos y poco mayores que la cabeza de un perro. El humano en cuyo patio vivíamos no tardó en meterlos en un saco. Y el saco, en el que mis hermanos movían las patas y gritaban como unos locos, lo metió en un barril de los que se utilizan para recoger el agua de lluvia. Hasta que mis hermanos dejaron de mover las patas y de gritar. Yo había quedado escondido detrás de una pila de leña. Y el humano refunfuñó: «Por Dios, siempre la misma mierda».

Entonces me lo creí sin dudarlo. Que un humano acaba con todo sin más. Pero que un humano acabara consigo mismo..., eso era algo que ahora no me creía.

Gold terminó de hablar por teléfono y dijo:

—Ahora mismo viene, Frankie. ¿Cómo estás, compañero?

Y entonces me entraron ganas de llorar. Gold se subió a la silla, que seguía debajo del hilo. Quitó el hilo, lo enrolló y lo metió debajo del sofá. Yo oí que por el Camino Grande venía un coche y poco después la puerta se abrió con brío y Anna Komarowa apareció en la habitación.

—La leche —dijo al vernos allí reunidos, tres animales y un humano, y soltó la maleta en el acto.

15

DOS QUE ESTÁN FATAL

Cuando me desperté, todavía reinaba la oscuridad y yo tenía algo alrededor del cuello. Una cosa grande e inquietante. Le di con las patas, pero la cosa no se movía del cuello, y me entró el pánico y seguí dándole cada vez más fuerte, hasta que recordé lo que era: un «collar isabelino».

Así lo había llamado Anna Komarowa. Collar isabelino. Y, cómo no, también dijo «vaya, vaya, mi caquita» cuando me vio. Se pegó un buen susto, porque yo estaba fatal. Sobre todo mi ojo izquierdo. Le dijo a Gold que podía perder la «visión». Pero a mí la visión me daba absolutamente lo mismo, lo único que quería era volver a ver. Después Anna Komarowa me echó unas gotas en el ojo y me metió una cosa por detrás y por delante y al final me puso la cosa grande e inquietante en la cabeza. Para que no me rascase el ojo.

El chisme ese me volvía loco.

Me levanté del sofá de un salto, agucé el oído, espié. La casa estaba en silencio, como si estuviera yo solo. Y eso me puso nervioso. ¿Dónde estaba Gold? Miré debajo del sofá, el hilo seguía ahí. Recorrí la casa, poniendo buen cuidado para no chocarme con nada, porque solo tenía un ojo y la cosa grande e inquietante me tapaba las orejas. Fui por todas partes y finalmente subí la escalera. Es una escalera corta, pero se me hizo eterna. Porque yo estaba fatal de verdad. Entré en la habitación de Gold y lo vi, tendido bocarriba, durmiendo.

Tenía la boca muy abierta.

Me quedé mirando a Gold un rato. Los humanos a menudo parecen supertontos cuando duermen. Mucho más tontos que cualquier animal.

Sin embargo, los humanos muy pequeños no parecen tontos. Parecen monos, como gatos, cuando duermen. Una vez vi durmiendo a un humano muy pequeño. No me preguntéis dónde. Pero le lamí la cabeza. Eso todavía lo recuerdo. Lo hice porque dormido era muy mono, como un gato.

Me subí a la cama de Gold y me quedé mirándolo un poco más. Después le puse una pata en la nariz. Porque no podía seguir esperando eternamente.

—Gold, despierta. Tengo que hablar contigo. Es importante.

—¿Frankie? ¿Qué... qué pasa...? Es de noche.

—Lo sé. Escucha: no te puedes morir.

—Frankie...

—¡Escúchame! Morirte es una tontería. Me refiero a que quizá pudiera entenderlo si fueses una lombriz. Porque una lombriz no tiene brazos, ni piernas, ni cabeza. Solo es un gusano. Y eso no es vida, si quieres que te diga lo que pienso. Pero conozco a unas cuantas lombrices y ni siquiera ellas piensan en acabar con todo. Aunque solo son lombrices. Y tú eres un humano. Tú tienes todo lo que ellas no tienen. Puedes hacer cualquier cosa. Y tienes esta casa y me tienes a mí y...

—Frankie, para.

—No pienso parar. No quiero que acabes con todo.

—¿Qué quieres que te diga? ¿Que lo siento? ¿Que no volverá a pasar? Esto no funciona así, Frankie. No es tan fácil.

—¡Sí que lo es! La vida es fácil. Cualquier bobo es capaz de vivir.

—Me esfuerzo, Frankie.

—Pues esfuérzate más.

Me tumbé con Gold, me aovillé en el pliegue de su brazo, con las patas contra su cuerpo caliente. Y así estábamos ahora.

Dos que estaban fatal. Juntos al amanecer.

—¿Por qué no puedes ser un poco feliz como otros humanos?

—Porque solo hay una cosa que me haría feliz: que Linda volviese a estar conmigo. Y eso no va a pasar. Pensé que lo superaría, de verdad. Que conseguiría salir adelante y la vida continuaría. Pero soy un cerdo depresivo que se compadece de sí mismo. Esa es la verdad. Todos los días estoy enfadado, desesperado, solo, avergonzado. Y si tengo un día bueno, no quiero matarme o pegarles un tiro en la cabeza a otros.

—Eso es absurdo.

—No, es enfermizo. Estoy enfermo, Frankie.

—Pues ve al médico. Conoces a Anna Komarowa. Te mete una cosa por delante y otra por detrás y luego te encuentras mejor.

—Ya me gustaría.

—Y ¿qué enfermedad es esa que tienes?

—La enfermedad de nada-tiene-sentido.

—No me dice nada. ¿Por qué nada tiene sentido? Me tienes a mí. Ahora soy tu sentido de la vida.

—¿Tú?

—Claro. Eso es lo que hago. Me refiero a que conmigo te alegras. Al verme y tal. Acaricias mi superpelo, disfrutas de mi compañía, de las interesantes conversaciones que mantienes conmigo. Bueno, y me compras comida. Me limpias el inodoro. Y haces lo que haga falta. Tío, yo estaría como unas castañuelas si tuviese un sentido de la vida como yo.

—Tú no me necesitas, Frankie.

—Tengo dos amigos, aunque el profesor es muy mayor, no durará mucho. Y la ardilla musculosa solo es una ardilla. Es tan pequeña que cualquier día se la come alguien. O la matan a golpes. O la atropellan. ¡Zas! Y entonces me quedaré solo. Pensaba que contigo estaba seguro. Que era para siempre.

—Lo siento, Frankie.

—Y ¿no puedes esperar un poco más?

—¿Esperar a qué?

—A que *yo* haya muerto. Los humanos viven más que los gatos. Y cuando haya muerto todavía podrás acabar con todo. Si es lo que quieres.

—No sé si aguantaré tanto tiempo, Frankie.

—Yo lo único que oigo es yo, yo, yo. Pero ¿qué será de mí?

—Siento que hayas ido a parar precisamente conmigo. Te mereces algo mejor.

Eso es algo que a mí también me pareció lógico. Solo que, por desgracia, la cosa era que yo no quería algo mejor. Y es que ese es el problema cuando a uno le cae bien alguien. Que no quiere algo mejor.

—Bonita lámpara te ha puesto Anna en el cuello, por cierto —comentó Gold mientras le daba unos toquecitos con un dedo al collar.

—¿Y si yo también fuese deprimido, como tú?

—Quieres decir depresivo —corrigió Gold.

—Bueno, pues depresivo. Da lo mismo. ¿Te ayudaría? A mí no me importa. Ya soy agnóstico. Y hedonista. También puedo ser depresivista.

—Quieres decir depresivo.

—Ahora en serio: es una idea genial. Si los dos, tú y yo, somos depresivos, seguro que nos divertimos un montón.

Me senté y miré a Gold. Con cara supertriste. Superdepresiva. La cosa grande e inquietante que parecía una pantalla de lámpara se bamboleó en mi cabeza. Y de pronto Gold se rio. Me sorprendió tanto el sonido que casi me caigo de la cama. Era la primera vez que lo oía reír. No sabía que fuese capaz de hacerlo. Se estuvo riendo media eternidad. Y cuando terminó, rompió a llorar y después dijo:

—Gracias, Frankie.

Humanos. No hay quien los entienda.

Poco a poco salió el sol, Gold me acariciaba la barriga y yo me sentía cada vez más cansado. Pero en cierto modo no quería que la noche terminase.

—Si yo muero, Frankie, ¿qué echarías en falta? Nada —dijo Gold.

—Qué dices. ¿Que qué echaría en falta? Pues muchas cosas. Un montón. Se me ocurre la salsa y demás.

—¿La salsa?

—El otro día me comí un gorrión. Pero no me gustó, estaba demasiado seco. La comida que me compras en la tienda para mascotas sabe mejor. Tiene más salsa. Con salsa la vida es otra cosa.

—¿No quieres que me muera por la salsa?

—Ahora no te vayas a ofender. Yo solo digo que la salsa...

—No me ofendo.

—¿A ti te gusta la salsa?

—Claro.

—¿Cuál es tu preferida?

—No sé. Hay muchas salsas buenas: salsa de rábano, salsa de eneldo, salsa de mostaza. Salsa de tomate. Es una decisión difícil.

—Ya, yo también opino que hay muchas salsas buenas. Me gustaría haber probado todas las salsas buenas en mi vida.

—Una vez comí *parmigiana* con Linda. En Italia. Hace siglos. Estábamos haciendo senderismo en no sé qué montaña, siempre se me olvidan los nombres de las montañas. Como iba diciendo...

—¿Dónde está Italia?

—En el sur.

—Ah.

—Como iba diciendo: una *parmigiana* es un plato a base de berenjena. También lleva ajo, un montón de albahaca, parmesano, mozzarella y tomate triturado. Se mete en el horno y poco después huele de maravilla. Pero lo mejor de una *parmigiana* es siempre esa salsa increíble que se forma con el tomate, los condimentos y el queso. Mojamos pan blanco en la salsa de la *parmigiana* y nos volvió completamente locos. Probablemente fuera la mejor salsa que he probado en mi vida. Sí.

—Tío, la salsa. Lo que yo te diga.

—A veces, cuando me acuerdo de Linda, me viene a la cabeza precisamente la puñetera salsa esa que comimos. Es extraño. Al final lo que queda son cosas nimias.

—A mí no me parece extraño.

—En fin.

—Pero precisamente por eso no es bueno que acabes con todo. Y te diré por qué: los muertos no comen salsa.

—Podrías escribir eso en mi lápida: LOS MUERTOS NO COMEN SALSA. Me gusta. ¿Harías eso por mí? ¿Frankie, mi pequeño sentido de la vida?

16

TODO SALDRÁ BIEN

Anna Komarowa venía casi todos los días a ver cómo estaba. Y creo que también venía para ver a Gold. O, al menos, esa era mi impresión. Hablaban mucho y Gold parecía menos deprimido cuando ella estaba en casa. Se veía perfectamente. Bueno, yo solo lo veía a medias, porque tenía un ojo fatal. Pero ya sabéis lo que quiero decir. En cualquier caso, yo me alegraba cuando Anna Komarowa venía a vernos. Y me ponía triste cuando se subía a su pequeño coche y se iba por el Camino Grande.

Si me quedaba a solas con Gold, siempre tenía miedo de que pudiera acabar con todo. Gold comía, bebía, dormía, hablaba, veía la tele y demás. Todo de lo más normal. Pero yo no sabía lo que se le pasaba por la cabeza y si lo único en lo que pensaba era en matarse. Y eso acababa conmigo. Porque en cualquier momento podía no pasar nada y al siguiente podía pasar lo peor. ¿Entendéis?

Además, yo seguía sin ver nada con mi ojo izquierdo, lo tenía fatal, y empecé a temer que aquello fuera a ser así para siempre. Y entonces yo sería «Frankie el Tuerto», «Frankie el Mutilado», «Frankie el Monstruo del ojo muerto».

Estaba muy pero que muy deprimido. Anna Komarowa me acariciaba el pelo y me decía constantemente: «No tengas miedo. Todo saldrá bien, caquita mía». Pero si algo sé de los humanos es que dicen esas palabras a menudo. Que todo saldrá bien y tal. En mi opinión, sin embargo, esas palabras son bastante absurdas, porque todo el mundo sabe que en la vida no todo sale bien. Puede que salga bien la mitad de todo. Si uno tiene suerte. Precisamente eso es lo absurdo: que en la vida no hay nada, ningún lugar o ningún sitio, donde todo salga bien.

La ardilla musculosa venía a verme a menudo. Se sentaba a mi lado en el sofá y tamborileaba con las patas sobre mi lámpara, porque le chiflaba el sonido, y en una ocasión dijo que tener un solo ojo también tenía muchas ventajas.

—Has de ver lo positivo, Frankie. —Claro, la ardilla quería consolarme. Todos querían consolarme.

—Dime una ventaja —pedí.

—Así no puedes bizquear.

—También se puede bizquear con un ojo.

—¿De veras? Bueno, entonces puede que no tenga ninguna ventaja. ¿Te apetecen unos frutos secos?

Tíos, estaba superdeprimido. Ya no salía de casa, porque no quería que nadie me viera así: cojo, tuerto y con la lámpara alrededor del cuello.

Las urracas, por ejemplo. Me destrozarían. Se posarían en una rama y empezarían a insultarme, a soltar chistes verdes y partirse de risa. Y todos los demás me tomarían por débil. «Frankie ya no vale para nada», pensarían. «A Frankie le ha llegado su hora.» Y después entrarían en mi territorio y creerían que podían ser los nuevos jefes. ¡En mi territorio!

Pero con el tiempo acabé saliendo de casa. Porque era absolutamente necesario. Fui a ver al profesor, la ardilla musculosa ya estaba allí, y nos tumbamos en el jardín, debajo del peral cargado de peras, mis amigos y yo, y nos pusimos a pensar cómo podíamos ayudar a Gold. Porque necesitaba ayuda, eso estaba más claro que el agua. Gold me había salvado del mapache, ahora lo salvaría yo a él de la muerte. Tampoco podía ser tan difícil.

En la práctica solo hacía falta un buen plan de salvamento. Y después, ejecutar el plan. Conque dos cosas: plan y ejecución. Y si pensábamos un poco esas dos cosas, seguro que se nos ocurría algo. Sobre todo teniendo en cuenta que éramos tres. Tres cabezas pensantes. Las palabras clave: *inteligencia colectiva.* Así la llaman los pájaros. El que más sabía, naturalmente, era el profesor.

—Una vez leí algo —afirmó—. En el periódico. Os he contado que sé leer, ¿no? Escuchad: Gold no es el único depresivo del mundo, eso es evidente. Hay unos cuantos.

—¿Qué significa «unos cuantos»? —pregunté.

—¿Cinco, seis?

—Trescientos cincuenta millones —respondió el profesor.

—Vaya —comenté yo.

—Flipante —observó la ardilla musculosa.

—¿Cuántos son trescientos cincuenta millones? —pedí.

—Eso, ¿cuántos? —coreó la ardilla musculosa.

—Imaginaos una ciudad enorme —repuso el profesor—. Y que todos los humanos que viven en ella son depresivos. Y luego imaginaos una ciudad enorme y otra y otra y otra y otra...

Intenté de verdad imaginarlo: *millones.* Una ciudad y otra y tal. Pero lo único que pude imaginarme un poco fue una manada de ñus corriendo por la sabana o la pradera o lo que sea. Todo lleno hasta arriba de ñus. Y los ñus eran depresivos. Así más o menos podía imaginárselo uno.

—Y ¿qué pasa si ahora vienen todos aquí? —quiso saber la ardilla musculosa—. ¿Todos esos depresivos? ¿Como una plaga? Puede que Gold solo sea la vanguardia. Tío, esos depresivos me dan mucho miedo.

—Vanguardia, menuda bobada —aseguró el profesor.

—¿Y si es contagioso? ¿Y si dentro de poco tenemos pegada al culo la depresión aquí, como si fuese la rabia? Ten mucho cuidado, Frankie: vives con un depresivo. Como sea contagioso...

—Contagioso, menuda bobada —afirmé yo.

Pero ¿sinceramente? Seguro no estaba.

—¿Cómo cogen una depresión millones de humanos si no es contagiosa, eh? —planteó la ardilla musculosa.

Y había que admitir que no era una pregunta tonta.

Lo único tonto era que ninguno de nosotros sabía cuál era la respuesta.

—¿Alguien conoce a algún depresivo al que podamos preguntar? —terció yo.

—¿La lechuza? —sugirió la ardilla musculosa—. Con esa cara tan triste que tiene siempre.

—Claro, porque es una lechuza —aclaré yo—. Eso no es depresión. Es que su cara es así.

Después nos pusimos a darle vueltas y más vueltas al asunto, y animales tristes conocíamos a unos cuantos. ¿Que quisieran acabar con todo? A ninguno. ¡Ni uno solo! Porque los animales somos muy optimistas.

Concluimos: acabar con todo es una enfermedad humana. Y eso entrañaba un gran enigma. Me refiero a que algo no cuadraba. ¿Por qué precisamente los humanos? Que son tan listos y tan poderosos y tan capaces de realizar muchos trucos y hazañas. ¿Tendría que ver con la comida? ¿Con su pelo escaso y triste? ¿Con la agotadora vida que llevaban al ser los amos del mundo? Nos limitamos a sacudir la cabeza.

Y esto es lo que yo creo. Os lo diré en confianza, queridos humanos. Por favor, no os riais. Puede que sea una pregunta rara, pero: ¿es posible que durmáis demasiado poco y penséis demasiado? Porque a mí me sucede justo lo contrario: duermo prácticamente el día entero. Estoy despierto un rato, liquido unos cuantos asuntos y otra vez a dormir y soñar. Ello tiene la gran ventaja de que no me entero mucho de lo que pasa en el mundo. Y es que cuando uno se entera mucho de lo que pasa en el mundo y le da demasiadas vueltas a todo, no sé yo..., ¿es posible que haga enfermar a uno? ¿Y que uno vea la vida negra? Pero yo solo soy un gato. Pensad lo que queráis.

El profesor, que al ser perro es muy creyente, propuso que Gold rezara todos los días al Líder Supremo. Tanto como le fuese posible. Para pedirle que le «quitara» la depresión, dijo. La ardilla musculosa sugirió, además de rezar, una dieta a base de frutos secos y mucho movimiento, de ese modo quizá Gold pudiera escapar de la depresión. Y yo apunté que era imprescindible que Gold volviese a reírse. Cuando los humanos se ríen son felices, ¿no? Como aquella vez que oí reír a Gold. Para ello necesitábamos un payaso a toda costa, lógicamente. Y todos dijeron:

—Una gran idea, Frankie.

Pero ninguno conocía a un payaso. O sabía dónde vivía un payaso. Por eso lo del payaso quedó en agua de borrajas.

Las demás sugerencias prefiero no contároslas. No eran muy buenas. Permanecimos sentados debajo del peral, cavilando, hablando, y como era otoño, a veces del árbol caía una pera. Pero por desgracia no cayó una idea superbuena de cómo salvar a Gold. Y ello hizo que me sintiera fatal, porque es lo peor que existe: que alguien se esté hundiendo y uno no pueda hacer nada. Lo ve y sencillamente no puede hacer nada de nada. Entonces uno se queda hecho polvo por dentro.

Puede que esté maldito. ¿Es posible? Yo no sé mucho de maldiciones, pero de pronto me sentía como Frankie el Maldito. Casi todos los que me habían importado algo en la vida habían estirado la pata: Número 1, Número 2, Número 3, Número 4, Número 6 y Número 8, mis hermanos; la anciana señora Berkowitz. Y ahora también Gold.

A mí esto me suena bastante a maldición. Y no sé qué se hace cuando se está maldito. Quizá debería alejarme de todos los humanos y de todos los animales y vivir solo en el corazón del bosque. O con otros malditos.

Cuando cayó otra pera del árbol, el profesor dijo:

—Frankie, muchacho, creo que debes hablar de Gold con la tal Anna Komarowa.

Y ¿sinceramente? Eso también lo había estado pensando yo.

—Pero ¿qué hay de las Tres reglas de oro, profesor? ¿No hablar con humanos, sino hacerse el tonto, hacerse el tonto y hacerse el tonto?

—Cierto, pero este es un caso sumamente urgente. Habla con ella. Es médica...

—Médica veterinaria, sí.

—Nosotros solos no lo conseguiremos.

—Eso, Frankie, habla con ella —estuvo de acuerdo la ardilla musculosa—. Pero antes dale unos frutos secos, para que sepa que vas en son de paz.

Enfilé el Camino Grande de vuelta. Sé que la vida puede ser buena, pero en ese momento no lo era y yo sentía una gran tristeza. En la televisión había visto una vez que un humano se metía en una máquina chiflada y viajaba. A tiempos pasados o al futuro. Siempre a una vida que no era la de ahora, vamos. Y a mí también me habría gustado hacerlo. Pero igual que no conocía a ningún payaso, tampoco conocía a nadie que tuviese una máquina así. Y es que a veces no es fácil ser un gato, porque, cuando uno está muy deprimido por algo y tiene el corazón triste, no se puede largar sin más, sino que tiene que aguantarlo todo.

—Hola, Frankie.

Me detuve. Agucé el oído. El pelo se me erizó en el acto. Debido a la lámpara no oía muy bien, pero supe en el acto quién me hablaba: ¡urracas! Las tenía justo encima. Puñeteras urracas, querían burlarse de mí, cómo no. Pero no era el día. No iban a meterse conmigo.

—¡Largo de aquí, bichos asquerosos! —exclamé, rebosante de ira—. O iré a por vosotras. Os juro que os cogeré y os comeré a todas. ¡Soy Frankie! Os cogeré y os comeré a todas.

Silencio.

Miré con cuidado hacia arriba, donde se posaban las urracas en las ramas del tilo. Pero allí no había nadie. Miré con cuidado a la izquierda: nadie. Miré con cuidado a la derecha: nadie. Me volví despacio... ¡Joder! Di un paso atrás y a punto estuve de tropezarme con mis propias patas y caerme. Allí no había ninguna urraca, allí estaba: Pushnelka Ronrolenko.

Me miró con cara de susto. La miré con cara de susto. Nos quedamos un rato mirándonos con cara de susto mientras yo meditaba qué palabras serían adecuadas ahora, después de haberle dicho las barbaridades que le había dicho, y meditaba cuáles eran las palabras de mi superpoema, el que había poetizado solo para ella, pero todas las palabras habían desaparecido.

Cabeza vacía.

Corazón desbocado.

Frankie callado.

—Creía... —acabé diciendo.

—¿Sí?

—Creía... Lo siento. Creía... que eras una urraca. —Las primeras palabras que le dirigía: «Creía que eras una urraca». Por favor.

Pushnelka Ronrolenko ladeó ligeramente la cabeza, como hacemos los gatos cuando estamos cohibidos. O cuando oímos algo muy raro o algo muy tonto.

—Pero dime, ¿qué te ha pasado? —me preguntó.

—¿A mí?

Pushnelka Ronrolenko estaba tan guapa en ese momento... Había olvidado por completo que yo no estaba tan guapo. ¿Conocéis esa sensación? ¿Cuando uno se pasa toda la vida deseando que alguien se fije en uno? Y cuando por fin se fija, ese día precisamente uno solo tiene un ojo, cojea de mala manera y lleva una lámpara alrededor del cuello. No es justo.

—Me..., un mapache... —balbucí—. Me... peleé con un mapache.

—¿De veras?

—De veras.

—Eres muy valiente, Frankie.

Conque de verdad sabía cómo me llamaba. Ni idea de por qué. Me daba lo mismo, siempre que fuese mi nombre el que saliera otra vez de su preciosa boca.

Y después Pushnelka Ronrolenko quiso saberlo todo. La historia entera. Cómo, dónde y por qué me había peleado con el mapache y tal. Y se lo conté, las palabras fueron saliendo despacio y yo adorné alguna que otra cosa, pero creo que está permitido cuando se quiere impresionar como sea a alguien y uno solo tiene un ojo y lleva una lámpara alrededor del cuello. Me lo dijo un zorro una vez: exagerar no es mentir, sino la pura verdad, solo que con un poco más de color. Incluso le conté lo de Hollywood a Pushnelka Ronrolenko. Pero lo raro fue que a ella no le interesaba lo más mínimo Hollywood y que ahora yo prácticamente fuese una estrella de cine. ¿Porque no tenía televisor, quizá? Permanecimos sentados juntos al borde del Camino Grande, charlando y contemplando el paisaje. Y durante todo ese tiempo yo quería decirle lo mucho que me gustaba estar allí a su lado, contemplando el paisaje, y que ello no se debía al paisaje, que a fin de cuentas solo era un paisaje normal, quería decirle eso a toda costa, que aquello no tenía nada que ver con el paisaje, sino que había otros motivos, pero preferí no decir nada, porque las palabras, no sé, a veces lo estropean todo.

Cuando se iba, Pushnelka Ronrolenko dijo:

—Vivo ahí detrás, en la casa roja.

Y probablemente fuese una broma: como si no supiera *yo* dónde vive Pushnelka Ronrolenko.

—Por si te quieres pasar alguna vez.

Después se fue por el Camino Grande. Con pata ligera y sin volver la cabeza. Yo me quedé mirándola. Me habrían hecho falta un montón de días para contaros todo lo que se me pasó en ese instante por la cabeza. Por lo menos. Pero puede que tampoco sea tan interesante. Porque lo único interesante es cuando uno vive una situación así y las sensaciones le brincan en la barriga.

De pronto salí corriendo. Lo más rápidamente posible, que no fue mucho, como os podéis imaginar. Quería contárselo todo a Gold, solo a él. Porque lo haría feliz. Y fui corriendo a la casa abandonada, con la lámpara golpeándome la cabeza. Madre mía, corrí como un poseso. Puede que ello no salvara a Gold y tal, pero le haría feliz que yo le contase que me había atrevido un poco en el amor. De eso estaba completamente seguro. Y quizá eso fuese un comienzo: un poco de felicidad.

17

ME ADENTRÉ EN EL BOSQUE

Cuando llegué a la casa abandonada, la puerta estaba cerrada con llave. También estaban cerradas todas las ventanas, lo cual me pareció algo raro. Me asomé para mirar por la gran ventana: dentro no había nadie. Llamé unas cuantas veces a Gold. Tal vez estuviese durmiendo. Tal vez hubiese vuelto al cementerio para hablar con Linda. Su viejo coche seguía delante de la casa, como siempre.

Me tumbé en el porche mientras esperaba y soñaba despierto. Y aunque la mayoría de los sueños son absurdos, debo decir que disfruté mucho el que tuve. Que era así: primero yo ponía al tanto a Anna Komarowa y ella hablaba con Gold sobre lo de acabar con todo. Hablaba con él muy seriamente y con la voz muy alta. Y en mi sueño Gold entraba en razón en un pispás y poco después se ponía a silbar una cancioncilla. ¿Qué más? Pushnelka Ronrolenko de pronto vivía con nosotros. Y Anna Komarowa y su maleta también, y por la noche veíamos juntos películas de animales, cosa que a Gold no le gustaba, pero ahora éramos dos animales más la veterinaria, y él no tenía ni voz ni voto, porque estaba en minoría. Un día Pushnelka Ronrolenko decía: «¿No me ves distinta, valiente Frankie?». En un primer momento yo no quería decir nada, pero Pushnelka Ronrolenko había engordado un poco. Demasiadas Delicias en salsa. ¡Nop! ¡Pequeños Frankies! No tardaron en llegar alrededor de seis. Y nadie los metió en un barril con agua. Gold les dio los supernombres Frankie 1, Frankie 2, Frankie 3, Frankie 4 y así sucesivamente. En este punto del sueño yo estaba tan emocionado que, por desgracia, me desperté y el sueño se esfumó. Intenté encontrarlo y seguir soñándolo, pero no hubo nada que hacer. Cuando un sueño tan bueno se va... Ay, uno se siente como si le hubiesen robado algo.

Esperé a Gold hasta que oscureció. Esperé hasta que se hizo noche cerrada. Comí unos saltamontes para matar el hambre. Me tumbé entre las matas y esperé hasta que el sol salió de nuevo sobre el lago. Esperé el día siguiente entero. No quería que fuera verdad, pero pensé que quizá hubiera pasado algo. Nada bueno.

Fui en busca de mis amigos y juntos buscamos a Gold otro día entero. ¿Estaría colgando en algún sitio? Preguntamos a todos los animales que conocíamos, que eran unos cuantos. Nadie lo había visto. El día siguiente a ese me adentré en el bosque y fui mirando en los árboles. Bajé hasta el río, pero allí solo había agua, que susurraba tranquilamente.

Acudí a la lechuza, que, como de costumbre, estaba posada en su rama.

Yo con cara tristona:

—Eh, lechuza, ¿has visto a un humano?

Y ella:

—¿Estás buscando a uno?

Y yo:

—Sí, a *mi* humano.

Y ella:

—Por aquí no ha venido nadie.

Y yo:

—Avísame si ves a uno, ¿quieres?

Y ella:

—Claro, Frankie.

Y yo:

—No te pasa nada, lechuza. Aunque tengas una cara tan triste. La culpa no es tuya.

Busqué y busqué. Mis amigos también buscaron y buscaron. Pero no había nada que hacer. Nadie lo encontró. No había ni rastro de él.

Esperé de nuevo delante de la casa abandonada. Me quedé tumbado allí sin más, en el banco de madera que hay junto a la puerta, sin ganas de nada salvo quedarme allí, sin que el mundo me molestara. Pero no lo dije en voz alta. A nadie. Ni siquiera a mí mismo. Solo lo susurré el día que el petirrojo dejó oír su canto, tan bello y triste.

Que parecía el canto a un muerto.

En un momento dado vino el profesor y me preguntó si quería que fuese en busca de un zorro para que pronunciara un panegírico. Y creo que eso a Gold le habría gustado: que un zorro pronunciase un panegírico en su honor con todas esas palabras falaces, extraordinarias, que solo los zorros saben decir de los muertos. Quizá Gold incluso se hubiese reído allí arriba, en el cielo. O se sintiera muy importante. A los humanos les gusta sentirse muy importantes y piensan que el mundo sufre una grave pérdida cuando mueren. Pero la verdad es que la vida continúa. Al mundo le importa una mierda. Y es que ahora el mundo seguía siendo como siempre. Como ayer y mañana y pasado mañana. Y que el mundo siguiera como siempre me deprimió más aún.

No quería ningún zorro. No quería ningún panegírico. Permanecí aovillado en el banco de madera que había delante de la casa, con la cabeza apoyada en las patas. Anocheció, amaneció y nada más. Podría habérseme metido en el culo un enjambre de abejorros. Me habría dado lo mismo.

Así estuve un montón de tiempo y mucho más. La ardilla musculosa opinaba que ahora el que tenía depresión era yo. Pero lo cierto es que a mí me daba lo mismo.

18
QUERIDO FRANKIE

Oí que un coche pequeño subía por el Camino Grande. Una puerta de coche se cerró de un portazo, la puerta del jardín chirrió y Anna Komarowa vino hacia mí con su maleta. Yo seguía tumbado en mi banco, sin moverme, porque todo me daba lo mismo. Además, llegaba tarde. Demasiado tarde.

Anna Komarowa se detuvo de pronto, a unas colas de gato de distancia. Me miró de un modo muy raro, como si yo mordiera o algo.

—Hola, Frankie —saludó, sin acercarse más. Y yo olí que tenía miedo. ¿A qué venía eso ahora? Y ¿por qué me llamaba Frankie? ¿Qué había sido de la «caquita»?

Se quedó donde estaba un rato, observándome con atención, y después dijo:

—Voy a parecer una loca por preguntar, pero voy a hacerlo de todas formas: ¿entiendes lo que digo, Frankie?

Y como ella lo quería saber a toda costa y a mí todo me daba lo mismo, respondí en hombruno:

—Correcto.

Como era de esperar, ella pegó un grito.

Pero debo decir que aquello no duró mucho. Permaneció bastante tranquila. Aunque se quedara muerta al ver que de pronto yo hablaba hombruno, porque al ser veterinaria quizá piense que sabe un montón de cosas sobre los animales y tal.

—Me lo dijo él —exclamó—. El muy loco me lo dijo.

Cuando se hubo calmado un poco, Anna Komarowa se sentó con cautela a mi lado en el banco, sacó un papel de la maleta y me lo dio.

Y yo:

—¿Esto qué es?

Y ella:

—Una carta. Para ti, Frankie.

Y yo:

—No sé leer.

Y ella:

—¿Quieres que te la lea?

Y yo:

—No sé. ¿Qué pone?

Y ella:

—La carta es de Richard.

Y yo:

—¿Quién es Richard?

Y ella:

—¿Gold?

Entonces agucé el oído.

Y ella:

—Bueno, pues, si te parece, primero te la leo. Y después..., da lo mismo. Te la leo. ¿Estás listo?

Asentí y maullé a la vez, porque era la primera carta que recibía en mi vida. Y era de un muerto. ¿Me creéis ahora cuando os digo que estoy maldito?

Querido Frankie:

Si los de aquí supieran que te estoy escribiendo una carta, que hablo con un gato y el gato habla conmigo, probablemente no volvieran a dejarme salir. O por lo menos no tan deprisa...

Verás: estoy en el hospital. Que Anna te cuente cómo es esto y qué hago aquí. Me ha traído ella. Siento haberme marchado sin más. No podía hacer otra cosa. Creo que, de lo contrario, habría «acabado con todo» otra vez. Y está claro que tú no me vas a poder salvar siempre.

Que haya llegado hasta aquí es algo que debo agradecerte a ti (y también a Anna). Fui a casa a morir. Y de pronto ahí estabas tú, en la ventana. Nunca me preguntaste cómo me iba. Nunca dijiste: «haz un esfuerzo». Solo bostezaste al ver cómo me compadecía. Lo cierto es que no sabías nada. Fuiste la distracción más enervante, ignorante y bella que uno se pueda imaginar.

A veces, cuando estabas dormido y yo no podía dormir, hundía la nariz en tu pelo caliente. Y me suponía un gran consuelo. Eso y tus plácidos ronquidos. Porque, sí, roncas. Cuando te veía así, pensaba: «primero morir y después renacer. Siendo un gato». En el hospital nos piden a menudo que evoquemos un «momento de felicidad», para que no olvidemos qué se siente, qué es la felicidad. Me acuerdo de nuestro viaje a «Hollywood». Fue el mejor de todos los días desde hacía mucho mucho tiempo. Y estoy sumamente orgulloso de ti, mi alocada carita de las Delicias en salsa. Mi pequeño sentido de la vida.

Dijiste: «La vida es fácil. Cualquier bobo es capaz de vivir». Para mí es un suplicio: cada día levantarse, seguir adelante. Estoy harto. De la ira, del eterno dolor que siento. Quiero que todo vuelva a ser fácil, quiero levantarme una mañana y ver luz. Me gustaría ser un bobo que es capaz de vivir. No solo sobrevivir un día tras otro.

No sé si lo conseguiré.

Puedes quedarte en la casa. Anna cuidará de ti, sé bueno con ella, anda. Espero que volvamos a vernos, Frankie.

Lo espero de verdad.

Tu amigo,

Gold

P. D. ¡Mi cama es tabú!

Anna Komarowa me leyó la carta otra vez y otra. Cada vez que terminaba yo le pedía: «Otra vez».

Y es que os puedo decir una cosa: la mejor carta que uno puede recibir es la carta de un muerto que no está muerto. Creedme, de verdad.

Estaba muy desconcertado. Extremadamente feliz porque Gold estaba vivo. Casi me muerdo la cola de lo feliz que estaba, que lo sepáis. Pero también estaba extremadamente triste porque Gold se había ido. Y cuando uno está tan desconcertado con sus sentimientos y demás, seguro que sabéis lo que es esto, primero se lame entre las patas, porque necesita hacer algo y lamerse tranquiliza como ninguna otra cosa.

Después, Anna Komarowa me contó cosas del hospital y me enseñó una foto que tenía en el teléfono. En ella se veía una casa grande y vieja. Estaba en el bosque, detrás había un lago.

Ese era el hospital. Me contó que los que viven en el hospital sobre todo hablan. Se pasan el día entero sentados en círculo y hablando de sus problemas. También hay un humano que se llama «terapeuta» y dice siempre: «¿Cómo se siente al compartir lo que piensa con el grupo?». A veces también corren todos por el bosque o pintan cuadros o hacen pájaros de paja o se tumban en el suelo y respiran como locos. No sé. Que todos esos deprimidos estén siempre hablando de lo deprimidos que están... creo que a mí me deprimiría un montón. Espero que Gold no esté deprimido y que los demás no le contagien la depresión o algo. Y que allí puedan ayudarlo y le den comida buena, con salsa y tal, y por la noche le dejen ver en la tele a los hombres gordos que lanzan flechas a un disco redondo.

—Y ahora ¿qué hacemos? —pregunté después de que estuviéramos un rato sentados sin más en el banco de madera que hay delante de la casa. Anna Komarowa me pasaba la mano por el pelo.

—Ni idea, Frankie.

—Es raro —comenté—. Que uno se acabe de ir y ya se le eche de menos. Es raro.

—Ya, yo también le echo de menos.

—¿Tú crees que va a volver?

—Eso espero.

—Yo creo que va a volver. Porque ¿qué va a hacer sin mí? Solo no se las arregla en el mundo.

—Cierto. Tú eres su pequeño sentido de la vida.

—Exacto. Y ahora tengo algo de hambre. ¿Y tú?

—Un hambre canina —aseguró Anna Komarowa.

Lo cierto es que cada vez me parecía más simpática.

Anna Komarowa abrió la puerta de la casa abandonada y de pronto pensé que la casa necesitaba un nombre nuevo. La casa de Gold. La casa de Frankie. O: la casa del cotarro animado. O sencillamente: nuestra casa.

Había que pensarlo muy bien, pero yo ya no podía más. Estaba muy cansado después de todos esos días enloquecidos. Comí, le di las gracias a Anna Komarowa apoyando mi cabeza en la suya y subí la escalera. Me tumbé en la cama de Gold. Todavía olía a él. Ay, mi buen amigo Gold. ¿Por casualidad alguno de vosotros sabe lo que es un «tabú»?

19
ÚLTIMAS PALABRAS

Bien. Pues hasta aquí hemos llegado. Por de pronto no os voy a contar más. Me han dicho que toda historia ha de tener un final. Así que quejaos a los humanos, porque lo del final no es idea mía.

Naturalmente aún os podría contar que fui con Anna Komarowa a Hollywood y rodé una película para Delicias en salsa. ¿Tenéis televisor? Pues encendedlo. El profesor y la ardilla musculosa han visto la película y opinan que resulto sumamente convincente en el papel de un gato que come de un cuenco.

Sin embargo, Hollywood no fue lo mejor, aunque estuvo muy bien. Lo mejor fue que me pasé a ver a Pushnelka Ronrolenko, que no solo es guapa, ¿sabéis? Tampoco es tonta. Me tiene loquito. Es lo que hacen las michas con uno, y no sé si eso siempre es bueno. Pero también es genial.

Una vez fui a ver a Linda a la tumba y le conté que Gold está en el hospital. Y que la ama locamente. Y que cuido de él porque, claro, ella está en el cielo y tiene cosas que hacer allí. No sé si me oyó.

Voy a menudo por el Camino Grande y a veces sueño con que a lo lejos viene un hombre que lleva una bata triste y un sombrero viejo. ¡Quiero salir corriendo hacia él de inmediato! Y entonces el sueño se esfuma y yo me llevo un buen chasco y me siento como si estuviese maldito.

En fin. El ciclo de la vida, ¿no? Uno busca un poco de felicidad, encuentra un poco de felicidad y la pierde. Y todo vuelve a empezar. Una y otra vez. Pero no quiero quejarme. Soy Frankie. Y de mi boca no saldrá una sola palabra mala de la vida.

Es así.